アフターライフ

The Afterlife Of Billy Fingers
How My Bad-Boy Brother Proved to Me
There's Life After Death

亡き兄が伝えた
死後世界の実在、
そこで起こること

アニー・ケイガン
Annie Kagan

矢作直樹［監修］
島津公美［訳］

ダイヤモンド社

THE AFTERLIFE OF BILLY FINGERS
by
Annie Kagan

Japanese translation rights arranged with Hampton Roads Publishing Co., Inc.
c/o Red Wheel Weiser, LLC through Japan UNI Agency, Inc.

推薦の言葉

矢作直樹

本書は、２０１３年にアメリカで出版されると、たちまちベストセラーとなったものです。突然の事故で急死した兄が、妹に〝声〟でたびたびメッセージを伝えてくるという実話とされ、いわゆる「あの世」という向こう側の世界がどんなものであるかを伝えてくれます。

向こう側の世界のことをこちら側の世界の人に伝える話は、世界的に有名なエマニュエル・スウェーデンボルグの『霊界通信』、医学博士レイモンド・ムーディーによる『かいまみた死後の世界』をはじめとして数多く出版されてきています。日本でも古くは『小桜姫物語』に始まり、いくつか発表されています。その何冊かを私も読んできました。

それら数ある類書の中からこの本の特徴をあげれば、この世に通信してきている亡き兄が、生前必ずしも品行方正な人物でなかったにもかかわらず、あちらの世界では幸せにやっている、という点ではないでしょうか。

つまり、あちらの世界に行ってすべてを受け入れることができれば、こちら側の世界で多少ほめられない人生を送っていたとしても大丈夫だ、ということがわかるのが特徴でしょう。

また、兄が死後たどり着いたあちらの世界のことが、きわめて写実的に描かれている点も興味深いものです。他の類書には、さまざまな次元を旅する様子を描写したり、あちらの世界の構造を説明するようなものも見られますが、本書では、亡き兄が自分が今いる世界や場所について、何度も回数を重ね逐一詳細に伝えてきていることに、その部分を深堀している特徴がみられます。


では、あの世の人との交信を果たした人が、この世に多数存在している意味とは何なのでしょうか。

それは、あちら側の世界の存在を一般の人が信じるに至るには、やはりそういった話やそれを体験した人物が数として積み上げられていくことが必要であるからではないでしょうか。一般の人には、こういった話の数が積み上がっていくことで初めて信じられるようになっていくという部分が確実にあると思います。

本書の内容は実話だとされていますが、「この話は真実だと思いますか?」と改めて問われたら、私の感覚では「真実であろうと思うけれども、断定はできない」としか言いようがありません。しかし、この場合の私が言う真実とは、「本当に兄の霊が語っているのか、それともいわゆる低い次元の霊（意識体）が兄に成りすまして悪戯で言っているのか」ということを意味します。

この話自体には、兄と名乗る声の告げることには他の類書との共通点も多く、何ら違和感がありません。そして、話されている内容から言うと、間違いなく亡き兄なのだろうと思えます。なぜなら、兄と名乗る〝声〟は当初、幻聴や妄想の成せる業かと訝しがる妹に、自分が確かに兄であることを証明しようとして数々の証拠を示そうとします。兄の他に知る人のない物のありかを示したり、奇跡的な事象を起こしてみせたりという「確からしさ」を示すプロセスを丁寧に踏み続け、遂に妹は「兄だとしか考えられない」と思うに至ります。ここがこの本の特色であり、このプロセスを追うことでストーリーを読ませる面白さがあり、信じる信じないにかかわらず、普通の人にも読み物として楽しんでもらえることでしょう。

この妹の身に起こった現象を、医療者の中には「心の中のことを無意識で言っているのだろう」と捉える向きもあるでしょうが、結局は今の医学では捉えきれないのです。

統合失調症や、そこまでいかないにしても幻聴だと片づけるには、あまりにもストーリーが論理的すぎます。何よりも、兄と名乗る〝声〟は、妹当人が潜在意識でもまったく知りようのない数々のことを告げています。それらにはどうやっても説明がつきません。これらすべて潜在意識だけで説明できるとすれば、潜在意識はすごい！　と言えますが、それはそれでまだ解明されていないとてつもない可能性です。いずれにしても、私たちが医療で捉えていることとは異質なものであると感じさせられます。

それでもなお医師の中には、これを見て、即座に精神的な病だと捉える方もいるでしょう。自分の知識の範囲の中だけで解決しようとすれば、実際はそうでなくても、たぶんそうだろう、という思い込みで判断して、そこに収めてしまうものです。だから、例えば１００のうち99、自分の知る世界で説明ができる場合、残りの1がどうしてもありえないとは思えても、残りの99でそうだと信じてしまうのが普通でしょう。実際には、その1が、まったく違うことを気づかせる糸口であるかもしれないのですが、なかなかそこは見えないものです。

どんな世界でも、自分の世界に引き込んで解釈しようとするものですが、それが１００％当てはまらなかった時には、真実がそこにないと気づく謙虚さは残しておきたいものです。

こういうあの世と通信する人のことが世界中で頻繁に発表されるようになって1世紀半です。大きく見れば、それは何か、いろんなチャンネル（人）を使って向こうのことを伝えなければいけない、何らかの必然性がこの地球に生じているからではないでしょうか。なので、ある一定の割合で、あちら側の世界のことをこちらの世界の人に伝えることを許された人が出てくるのかもしれません。

その必然性とは、おそらく人類は霊性を高めなければならない時期に来ているということなのでしょうか。今、急速によいほうへと向かわないと、地球規模でよくない状況にあるのかもしれません。そして、こういうことは繰り返し繰り返し人に伝えないと、伝わらないことだからなのでしょう。

では、なぜ、この兄妹が選ばれたのか。

それは、兄だけでなく妹にも、こういうことを素直に受け取れるだけの素地がありました。一方が頑固で石頭な人物だったら、まったく受け入れられないものです。同じようにメッセージを送ってきている人は多々いれど、それに気づかない人が多いということもあるのではないかと思います。

この本がまずはアメリカでベストセラーとなって受け入れられたことにも意味があるかもしれません。伝えてきたこの兄は、薬などアメリカのネガティブな面に触れてきた人物です。しかし、彼自身は、そういうことから比較的亡くなってすぐに脱して、それに囚われない意識になっています。ですから、そういう意味での学びの大きかった人と言えそうです。

生者が勝手に解釈するなら、この品行方正ではない人物であったことに必然性があったと捉えられないわけではありません。兄は刑務所暮らしも経験しましたが、出所後は罪を犯していないわけですし、最期までどうしようもなかった人物ではなく、真の悪人というわけではありませんでした。彼はある意味、素直な人物だったのではないでしょうか。

むしろ、数ある類書の多くが記すのは、一番悪いのは頑固な人だということです。頑固な人は、なかなかあちらの世界に行っても、それを受け入れられないとのことです。

同じく類書の多くに書かれていることに、依存、中毒というのは、囚われ、執着ということですから、あちらの世界に行っても根深いものがあるそうです。薬やアルコールへの依存は、あちらの世界に行っ頑固と同義なのでしょうか。それを求める間は、なかなかそこから離れられないでしょう。

その薬類の中には当然、喫煙も入ります。何でもそうですが、神が本来与えたものを棄損するようなものはいけないのでしょう。自分で自分を損ねてしまう、ゆるやかな自殺のようなものです。いけないものとは、人を根本的に壊してしまうものであり、それは向こうに行っても変わらないようです。

とにかく、石頭な人というのは、たくさんいます。もっとも、このような本を手に取る方には無縁なことでしょう。

こういった本は、私たちに「魂の永遠」を言っています。それがもし信じられるようになると、そこからいろいろなことが出てきます。

私たちの「神性」と「愛」というものを理解してください。「神は愛」ということです。愛は光でもあるわけですが、この愛の表現には、どの本も当然苦労しています。なぜなら、今われわれが見ている世界というのはごく限られているからです。他界に行くと、その光というのは目に見える光ではないと述べられています。もっと広義の意味の光なので、すごくきれいで、あたたかく、心地よい、ということが言われています。それが理屈抜きの愛というものであり、それはこの地上で使われている愛とはまったく違う次元のものだと書かれています。ですから、その神性を理解すると言う時には、そういうものをイメージしていけばいいのではないでしょうか。

愛と光がこの世で正しく理解されていないから、伝える努力がなされているのでしょう。その努力のひとつの表れが、こういった話なのです。平面で生きてる人に立体を理解させることが無理なように、つまり二次元という平面で動いているだけの人がもしいるとしたら、その人に山の高さが理解できないように、三次元の世界に住むわれわれに四次元のことは理解できないのですから。

本書を素直な気持ちで読んでみてください。そうすると、何より心が休まります。ですから、心素直に読まれてみたらよろしいのではないでしょうか。

序文

レイモンド・ムーディ博士

この素晴らしい本を手にした人の中には、驚き困惑する人もいることでしょう。

本書で繰り返し起こる出来事は、確かに信じがたく、現実離れしています。

だからこそ、ケーガン博士が私に本書の序文を依頼してくださったことに感謝しています。

というのは、私の大好きなトピック、古代の哲学者について語る機会をいただけたからです。

亡き兄ビリーのあの世での経験をにわかには信じがたい人も多いでしょうが、それは残念なことです。そもそも西洋哲学の祖であるギリシャの哲学者たちは、ケーガン博士の語る現象を熟知していました。実際にギリシャの哲学者たちは、こうした人々を「いくつもの世界を行き来できる人々」と名付けていたほどです。

「いくつもの世界を行き来できる人々」には、社会的に重要な役割があります。

ギリシャのヘラクレイトスは、彼らには「生者と死者を監視する」役割があるとし、古くは紀元前約600年頃を生きたアイタリデースという人物がその一人と噂されていました。

古代ギリシャで言う「いくつもの世界を行き来できる人々」とは、現代の西洋文化でいえば臨死体験のある人のようなもので、彼らは瞑想を行う人や霊能力者、あるいは生者と死者のメッセンジャーなのです。

ガダラ（訳注：イスラエルの国境近くにある地域の古名）のメニッポス（紀元前3世紀ギリシャのキュニコス派、風刺家）もまた、いくつかの世を行き来できる人物として有名でした。

死後の世界を訪れ生還した旅について書き残したメニッポスは、自分があの世から戻ったのは、地上の人々の間で起こっていることを観察して、人間の進歩をこの世を超えた存在に知らせるためだと述べています。長い白髪まじりのあごひげをたくわえたメニッポスは、グレーのマントを身に着け、腰には緋色のサッシュベルトを巻き、手には彫刻の施されたトネリコの杖を持ち、黄道(こうどう)十二宮のシンボルのついた不思議な帽子をかぶるという、まさにその役割にぴったりな姿で自らの使命を懸命に果たそうとしました。

ケーガン博士の経験は、あの世とこの世を行き来できるという古くから伝わる役割を担う存在の描写と完全に一致しており、私には何も驚く話ではありません。こうした存在は、ある特定の文化というより、人類全体が心の中で積み重ねてきた遺産だと思っています。

ケーガン博士と同じような経験をした人も少なくはないでしょうが、そのような経験に誤った見解を持つようになってしまった西洋では、病気だと思われることさえあります。ですから、人から病気だと思われたくない、馬鹿にされたくないという恐怖心から、誰にも話さずにいる人も多いのです。こうした意味でも、本書を出版した勇気に拍手を送ります。

私は2006年に、ホスピスで働く人々を対象に「悲しみ」についてのセミナーを行いましたが、終わってからそこで働く中年女性がやってきて、自分の臨死体験を語ってくれました。

車の衝突事故で重体に陥った彼女は、体から自分の意識が抜け出すと、道の端にグレーのローブを着た老人がいるのに気がつきました。その男性は長いあごひげをたくわえていて、杖を持ち、おかしな帽子をかぶっていたそうです。彼女は瞬間、その老人は自分をあの世に連れていくためにやってきた、と感じたそうです。

セミナーで私は偶然にも、メニッポスなどのこの世とあの世を行き来する存在について一切触れませんでしたが、その女性は好奇心から自分の体験を私に話してくれたのです。

彼女のような体験をした人は何千年も前から存在し、その数は少なくないと思っています。

ケーガン博士の語る出来事は、こうした経験を考えてみるいい機会になるでしょう。

レイモンド・ムーディ博士：医学博士。米ジョージア大学で医学の学位を取得、バージニア大学で修士号、博士号を授与された。著書に『かいまみた死後の世界』（評論社）などがある。

アフターライフ／目次

本書は事実に基づいていますが、名前、場所などを特定できる情報にはプライバシー保護のため変更を加えています。

また、話のつながりがわかりやすくなるよう、時間の経過にも一部修正が加えられています。

アフターライフ

1章　さよならは重大じゃない。僕たちはまた会える

……聞こえてきた亡き兄の〝声〟

朝9時、私の留守電にマイアミ・デイド郡警察からのメッセージが残されていました。

「ウィリアム・コーエンについてお知りになりたければ、305番のダイズ巡査部長までお電話ください……」

まあ！　ビリー（ウィリアムの愛称）が逮捕された！　また刑務所なんて。ビリーももういい年なのに。

兄のビリーが30年ほど前に逮捕された時のことを思い出しただけで、気分が悪くなりました。「懲役25年」という判決が下された時、母は私の腕の中で泣き崩れました。コカインを売った罪で兄の腕に手錠がかけられ、刑務所に連れていかれた日は、私にとって人生最悪の日でした。

私は震えながらマイアミ警察署に電話をかけました。

「ウィリアム・コーエンの妹です。兄は逮捕されたのでしょうか？」

「いいえ」

　ダイズ巡査部長は、やわらかい声で答えました。

「お兄さんは、早朝2時半に車にはねられました。お悔やみ申し上げます。お兄さんはお亡くなりになりました」

　亡くなった？　私の心臓が凍りつきました。頭がくらくらしてめまいがした私は、手を伸ばして椅子を引き寄せ、やっとのことで座りました。

「何があったんですか？」

「お兄さんは南マイアミ病院の救急外来からこちらに搬送されているところです。お酒を飲んで高速道路に走り出られたようです」

「あなたは事故現場に行かれたんですか？」

「ええ、現場に呼ばれました」

「兄は怪我をしたんですか？」

　そう言ってから私は、怪我？　ビリーは車にひかれたんだ、と思って言い直しました。

「ええと、兄は車にひかれた後、病院に運ばれたということですよね」

「いいえ、お兄さんは自分が車にひかれたことさえわからなかったでしょう。即死でした。苦しむ間もなかったでしょうね」

即死？　苦しむ間もなかった？　どうしてそんなことがわかるの？

巡査部長はどうにか間接的に伝えようとしてくれていましたが、私には何の効果もありませんでした。

「お兄さんが手首につけていた病院のＩＤから、あなたの名前と連絡先がわかったんです」

ああ、だからなのね。ビリーはいつも緊急連絡先を私にしていたもの。

ダイズ巡査部長は咳払いをして言葉を続けました。

「よく聞いてください。ご遺体をお確かめいただく必要はありません。腕のＩＤで十分です。あなたが覚えている生前のお兄さんを記憶にとどめられたほうがいいでしょう」

なんてこと！

私の泣きだした声が電話の向こうに聞こえていたに違いありません。巡査部長は言いました。

「規則には反しますが、あなたの住所をお知らせいただければ、遺品をお送りしましょう」

62歳の兄ビリーはホームレスになっていたはずですから、持ち物といえばすべて彼のポケットに入っているはずでした。けれどもビリーの遺品は、その生き方とは違ってきちんと整理されていました。

恐れていたことが起こってしまったのです。ビリーは死んでしまいました。

南マイアミ病院のビリーの薬物カウンセラー、エディに電話をすると、エディの険しい声が返ってきました。

「昨晩、救急外来（ER）に姿を現したビリーは、興奮し、血を吐きながら咳こんでいたんです。ビリーが病院に受け入れを願ったので、看護師が病院より薬物回復施設に戻るように促すと、ビリーは喧嘩腰で椅子を振り上げ、看護師を脅したんです。看護師が警察に電話をすると、ビリーは逃げ出して……後はご存知でしょう。ビリーは、自分のハイヤーパワー（よりよい自己の力）を信じられなかったんです。ビリーにはがっかりしました」

がっかりした？　ビリーは死んだのよ。なのに、がっかりしただなんて！

エディの言葉を忘れようと、私は切った電話を力まかせに投げつけました。

ああ、神さま。ビリーは死んでしまいました！

まるで車にひかれたかのような痛みが体中に広がりました。

私はベッドに横になり、ベッドカバーを頭からかぶりました。すると、前日にあった不思議なことを思い出したのです。

兄とは数か月も言葉を交わしていなかったのに、先週はなぜか兄のことばかり考えていました。こんなことは、めったにありません。何しろ小学校4年生の頃から、ビリーのことは考えないようにしてきていたのですから。

幼い頃の私は、大好きだった兄に何かよくないことが起こる気がしてなりませんでした。

ビリーはいつも問題ばかり起こしていました。当時の私には、ビリーの起こした問題が何なのか、よくわからずにいたのですが、それでもトラブルが悪化すると、兄は誰も知らないところに送られてしまい、両親さえ居場所がわからずにいることもありました。

4年生になった私に両親は、ビリーは「ヘロイン中毒」だと説明し、以来、私はビリーを心配する気持ちから目をそむけ、冷たい人を演じる訓練をしてきたのです。

なのに、ビリーが亡くなる前の1週間は、どんなに心を冷たくして突き放そうとしても、ビリーのことばかり思い出してしまっていたのです。ロングアイランドの浜辺に立つ小さな家に隠れ住むようにしている私が、自宅で仕事にいくら集中しようとしても無駄でした。

6時には起きて猫に餌をやり、瞑想をして、浜辺を散歩し、昼食を作り、音楽スタジオで作曲の仕事をするという、日々のすべきことに集中して考えないようにしてみても、それでもキーボードの前に座ると、頭に浮かぶのはビリーのことだけでした。

本当は、電話をかけて声を聞き、愛していると伝え、どうにかビリーを助けたかったのですが、どこに電話をかければいいかも知りませんでしたし、同時にどこかビリーに接するのが怖くもありました。ビリーはきっと、ぼろぼろになっているでしょうから。

ビリーが亡くなる前日、1月の厳寒の朝、思い切って出かけることにした私は、セーター2枚とダウンジャケットを着込み、ウールの帽子を2重にかぶりました。

凍る枯葉を踏みしめて真冬の森を抜け、木製の階段を上って港に続く浜辺に出ました。

私は神にお願いなどしたことはありませんでしたが、その日に限って、灰色の空を見上げて腕を伸ばすと、ビリーを偉大なる神の前に押し出すイメージで、「私のためにビリーをよろしくお願いします」とささやきました。

ビリーが亡くなったのは、それから数時間後のことになります。

数日間、私はベッドの中でたまにお茶を飲むぐらいで何をする気にもなれませんでした。

悲しみにはよく、ショック、罪の意識、怒り、落ち込みなどといった段階があるといわれますが、私の中ではそれらの感情が一度にぶつかり合ってはりさけんばかりでした。

そんな私を心配して立ち寄ってくれた友人のテックスに、私は話し始めました。

「何か変なの。正確に言うと、私は悲しいっていうより、ブードゥーの人形のように体のあちこちに針を刺されているみたい」

テックスというのは、私がつけたニックネームです。というのも、彼女は身長が178センチもある黒髪の女性で、骨ばった体格にカウボーイのようなブーツを履いていたからです。いかにも強面(こわもて)な彼女ですが、いつも親切で、じっくり考えてから言葉を発する人でした。

彼女は私の手を取りました。「悲しいでしょうね」

テックスならよくわかってくれるでしょう。彼女も10代の頃に兄のパットを飛行機事故で亡くしていたのです。

ビリーが亡くなってから3日後、ロングアイランドは嵐に見舞われました。

私はベッドを窓際まで移動させて、ベッドの脚で窓を支えながら、外に吹き荒れる嵐を見つめていました。

こんな大荒れの天気が、ビリーは大好きでした。嵐の中ですべてが霞（かす）んでいくのを見ながら、私は心のどこかで満足感を得ていました。ビリーの死を消してくれるかのように、雪が私の世界を真っ白に消していきました。

私はずっと前から、死後の世界に何かがあると信じてはいましたが、そこがどんなところなのかはまったく想像もつきません。窓の外で荒れくるう風を見ながら、ビリーの魂が自分の行き先を空のあちこちを叩いて探しまわって嵐を起こしているんだわ、と思いました。

嵐は過ぎ、風が収まってきても、私は泣きながらずっとベッドの中にいました。時折起き上がっては精神安定剤を飲むだけで、その姿はまるで歩くゾンビのようでした。

私の長くうねる黒髪は細くなり、櫛を入れることもなく、目は落ちくぼんで肌もぼろぼろ、40歳そこそこなどにはとても見えず、１００歳にでも見えたことでしょう。けれど、それでも私はかまわなかったのです。鏡をのぞき込むたびに、私は罪の意識にさいなまれていました。

この数年間、私はビリーのためと思うことはすべてやりました。病院、リハビリ、精神科医、メタドン維持療法（中毒症状の治療法）などすべて試しましたが、どれも無駄でした。ビリーの苦しみは、私をもカオスへと引き込むブラックホールのようになり、隔週でさまざまな症状に悩まされるようになり、私自身も次々と医者をはしごするようになってしまったのです。しまいには「これ以上は無理。もう電話してこないで」と頼んだのに、ビリーは私に電話をし続けてきました。もはや話しているというより、互いに泣き叫ぶばかりになっていましたが、やがて本当にビリーは電話をしてこなくなりました。そして、逝ってしまったのです。

ビリーの死に自分を責め続けて3週間たった、私の誕生日の日の出来事です。陽が昇る直前に目が覚めた私は、上のほうから誰かが私の名前を呼ぶのが聞こえました。

アニー、アニー。僕だよ、僕、ビリーだよ。

その声は間違いなく、ビリーの低くやわらかな声でした。驚きましたが、不思議なことに恐怖を感じるどころか、むしろ慰められました。

「ビリーなの？」

私は半分寝ぼけたまま続けました。

「そんなはずないわ。だって、あなたは死んだのよ。夢を見ているのね、私」


いや、夢じゃないよ。僕だ。

さあ、起きて、赤いノートを取ってきて！


私は突然、はっきり目が覚めました。

赤い革表紙のノートのことなどすっかり忘れてしまっていましたが、昨年の誕生日にビリーが贈ってくれたものでした。薬物依存症に苦しみながらも、わざわざ私に誕生日プレゼントを贈ってくれるなんて、と心を打たれたものでした。

ベッドから飛び起きると、寝室の本棚に赤いノートを見つけ出しました。

中のページは真っ白のまま、最初のページに文字が刻まれていました。

「アニーへ
誰でも自分のための本が必要なのさ。行間を読んでね。
愛をこめて　ビリー」

ビリーが何かを書き残すなんて。「行間を読んで」って？

見覚えのあるビリーの文字を指でなぞると、またビリーの声が聞こえてきました。


本当だよ。僕だよ、アニー。大丈夫、だって……

私はペンをつかんで、ビリーの言葉を赤い表紙のノートに書き取ったのです。


最初に僕が感じたのはね、祝福に満ちた気持ちだったよ。

死んだら誰もがそんなふうに感じるかどうかはわからないけど、少なくとも僕の場合はね。

車にはねられた瞬間に、あるエネルギーが体から僕を吸い上げて、より高次元の世界に引っぱっていってくれたんだ。

「高次元の世界」って言ったのは、引っぱり上げられると感じたら、一瞬にして痛みがなくなったから。その時、自分の体の上で浮いていたのか、体を見下ろしていたのか、そのあたりはよくわからないけど、すぐに自分が死んだってわかったよ。

そして、僕はそのエネルギーについていくことにした。たとえ先に何が待っていようともね。

どのくらいの速さで自分がついていったのかはわからないけど、青みがかった銀色の光に引っぱられて空洞に入ったら、自分の荷が下りて軽くなった気がしたんだ。

臨死体験ではよく、トンネルのような場所を通るっていうけど、僕がトンネルじゃなく「空洞」と言ったのは、トンネルだったら壁が見えるはずだけど、見回しても、そんなものは見えなかった。たぶん、僕の場合は片道切符で、臨死体験なら往復するからだろう。

そして、もうないはずの体の感覚がちゃんとあって、癒されていくのを感じたんだ。

空洞にある光が僕を通り抜けていくと、どんどん気持ちが楽になって、また光に引っぱられていった。光が僕に触れた瞬間、車にひかれた痛みだけじゃなく、僕が生きている間の苦しみやすべての傷が消えてしまった。肉体も、精神も、感情も、すべての傷が消えたんだ。

そのうち、僕のそばに若くて笑っている父さんが現れたけど、かつて見たことがないぐらいハンサムだった。父さんは冗談っぽく、「なんでこんなに時間がかかったんだい？」と笑った。父さんに会えたのはうれしかったけど、でもたぶん、見知らぬ場所の目印になってくれていたんじゃないかな。だって、光についていく間、あたりに父さん以外の人は誰もいなかった。

それに、父さんに会えたことが一番大事な出来事じゃなかったんだよ。

一番の出来事といえば、銀色の光と光の持つ雰囲気だった。何しろ、僕の傷を癒してくれた光には、まるでお祭りのような雰囲気があって、「息子よ！　お帰り」と言いながら僕を迎えてくれているように感じたんだ。

どのくらい光の空洞にいたかはわからない。だって、僕にはもう時間の感覚がなくなってしまったからね。でも、はっきり言えるのは、光の空洞とは、僕を新たな人生へと運んでくれる、宇宙の生命を生み出す運河みたいなものだった、ってことさ。

アニー、君に知ってほしいけど、僕にはもうつらいこともまったくない。

光の空洞から輝く宇宙へとすべり込んだ僕は、宇宙の美しい星や月、そして光り輝く銀河に囲まれてふわふわ浮いている。辺りは気持ちよくなるような歌に満ちていて、僕のためにまるで何十万もの声が歌ってくれているみたいだけど、その声はとても遠くて、なんて歌っているのかはほとんど聞き取れない。

光の空洞から出てすぐに誰かが出迎えてくれて、そこに確かに聖なる存在がいたと感じたよ。親切で、温かく、この上ない聖なる存在を感じられただけで、本当にもう十分だった。

僕の周りには、この聖なる存在のほかにも誰かがいて、そう「高次元の存在たち」とでも呼べばいいかな。

僕が「存在たち」と言ったのは、目には見えないし、何も聞こえてもこないんだけど、確かにひとつじゃないものがシューッと動きまわりながら、おのおのやりたいようにやっている。

それが何だったか僕にはまったくわからないけど、空に浮いたものが怖いものではなく、幸せなものだと思うことにしたんだ。だって、僕はその天空の一員になるんだから。

僕が地球を見下ろそうとすると、眼下には確かに地球があった。天空には僕のいる場所と君のいる場所をつなぐ穴があって、それをのぞき込めば、僕には君の姿が見える。

僕が死んで、君がどれほど悲しんでいるかわかっている。悲しいってもんじゃないだろう、奪われた感じだろうね。でもね、死は君が思うほど重大なことじゃないんだ。少なくとも今のところは、とても楽しいよ。これ以上は望めないってとこかな。だからそんなに深刻にならないで、君ももっと楽しいことをしたほうがいい。それが、「生命の秘密」のひとつなんだ。

もっと、秘密を知りたい？

さようならっていうのも、思っているほど重大なことじゃない。だって、僕たちはまた会えるんだから。


そして、突然にビリーの声は聞こえてきた時と同じように途絶えてしまいました。

私は、膝に赤いノートをのせてベッドに座っていましたが、最初のページには私が書き込んだビリーの言葉があふれていました。

ビリーの声が聞こえたなんて、私の想像？　たぶんそうね。でも、だったらあの言葉はどこからやってきたのかしら？　絶対に、自分の言葉じゃないし。

私は表紙の内側に、ノートと一緒に贈られたカードを見つけました。オレンジ色の大きな雄猫が小さなかわいい紫色の猫を抱きしめているイラストが描かれたカードには次のような言葉も書かれていました。

「あなたは現実？　それとも夢？」

私は悲しみのあまり夢のような不思議な現象を体験したの？　どうすれば夢だとわかるの？　その瞬間、夢でも現実でも、どちらでもいい、と思えました。ビリーを失ってから初めて、私は幸せを感じたのです。いや、幸せ以上の恍惚感を。

ビリーは大丈夫なんだ。星の間を浮かんで祝福に満ちていると話してくれた雰囲気が私の中にも広がると、本当に幸せに満たされた気がしました。

突然、私は空腹を感じ、ベッドを出て台所に行くと、まずはお茶をいれました。テーブルについて、ビスケットにマーマレードをつけてお腹いっぱいになるまで頬張りました。そしてめくった雑誌のページから目に飛び込んできたのは、ホワイト・クラウドというブランドのティッシュペーパーの広告でした。白い雲（ホワイト・クラウド）を模したティッシュの一部分が、まるで天空にあいた穴のように切り取られた写真が載っていたのです。

ビリーはたった今、「空の穴から私を見てる」って言わなかった？

ちょっとゾクッとしました。この広告は何かのサインに違いありません。

「そんなはずがない」と私は独り言を言いました。「少しおかしくなったのかも」

そう思いながらも心のどこかで、赤いノートに挟まれていたカードも何か関係があるかもしれないと思っていました。

あなたは現実？　それとも夢？

不思議なことばかりですが、でも、すべてつじつまが合うのです。

ビリーの姿、忘れていた赤いノート、そこに書かれていたビリーのメッセージ、そしてノートに挟まれたカードの言葉、空にあいた穴の写真。そして何より、ビリーの声が聞こえてくるまで、あんなに落ち込んで頭を枕から上げることさえ難しかった私が、こうして今、すっかり落ち着きを取り戻したのですから。

もし、ビリーが大丈夫だと私に知らせるために、一度だけ姿を現したのだとしたら？

あれで終わり？　そうでないといいんだけど。

そうだ、準備をしておこう。またビリーが現れたら、もっと客観的に観察して、ビリーが本物かどうか気をつけておこう。

ビリーがまた出てきてくれるように、赤いノートとペンを肌身離さず持ち歩くことにしました。

さようならっていうのも、
思っているほど重大なことじゃない。
だって、僕たちはまた会えるんだから。

2章　人生の問題は、理解してもらえないから起こる

……人生の痛みと地上で生きる意味

私はビリーのことは誰にも話さずにおこうと決めました。

10年前に私が瞑想を習い始めた頃、スピリチュアルな体験をしても自分の中に収めておくように教えられたことがありました。さもないと、スピリチュアルな経験のチャンスを逃してしまうというのです。亡くなったビリーの声が聞こえるなんて、スピリチュアルな経験以外の何物でもありません。もし、聞こえてくる声が現実なら、聞こえなくなるかもしれないことは避けたかったのです。

私の誕生日から5日後、太陽が昇り始め、白い寝室がピンク色に染まった頃、再びビリーの声が聞こえてきました。寝ぼけ眼（まなこ）の私は、枕元に置いていた赤いノートに手を伸ばし、頭を上げてその言葉を書き取り始めました。

プリンセス！　おはよう。

ビリーは生前、私をプリンセスと呼んでいましたが、それはお世辞ではありませんでした。私の人生はビリーのそれに比べれば最初から恵まれていたので、ビリーは私に反感を持っていたのです。ビリーは「問題児」、そして私は「小さな天使」でした。

私は学校の劇で好きなように踊って歌いましたが、ビリーといえば、バンドでボーカルをやっても音を外してばかりで、高校は中退し、私はオールAの優等生というように、私の出来がよければよいほどビリーは劣等感を感じたようです。私は罪悪感からビリーの気を引こうとしましたが、うまくいったためしがありませんでした。

そのビリーが今、私を「プリンセス」と呼んでいるということは、まだ私を恨んでいるの？いや、そんな感じはしません。ビリーの声とともに降り注ぐ光は、愛にあふれていましたから。

僕はね、君と僕が本を書くっていいことだと考えたんだけど、でも、その許可を取るべきだと思った。ところが、宇宙に浮かんでいる僕の周りには誰もいないんだ。

誰もいないといっても、前に話した目に見えない「高次元の存在」を除いて、ってことだけど、でも彼らに頼みごとをして、仕事の邪魔をするのは早すぎると思ってね（笑）。

僕は自分の人生で、誰かに許可を求めたことなど一度もなかった。でも、それとはわけが違う。僕のいる世界での力のあるものは、持つべくして力を持っている。地上とは違う意味でね。地上には、「優しさ」ってのが欠けている。そんな場所でずっと君が優しい人でいるのは、大変だろう。だって、強くないと落ちていくだけだから。地上で生きるのは、とても大変なんだ。穴がひとつあいたといって懸命に修理していると、他の場所に穴があく始末さ。

だから、どこかに穴があいたからって、あんまり重く考えないことだ。

僕は人生を終えたんだ。借りは返したってことなんだけど、よく言う「償った」って意味じゃない。罪を犯した代償というより、もっと学びにつながるようなことなのさ。

どうして、僕の人生が犯した罪の代償じゃないってわかるの、って？

地上で生きることは、罪とか罰とかっていう問題じゃないんだよ。それは人間が作った概念にすぎない。人間は勝手に何かを作り上げ、それを信じるようになる。確かに人生にはつらいことがたくさんあるけど、それは君がつらいことを経験しなきゃいけないことをやったからじゃない。ここに人生の秘密がもうひとつ、隠されているのさ。

痛みは人間が経験する感覚のひとつにすぎない。呼吸をしたり、目が見えたり、血管に血液が流れるのと同じぐらい自然なことなんだ。痛みがあるのは、地球で生きていれば当たり前だから、あまり心配しすぎないことだ。

まあ、確かに自分でも経験した痛みが好ましかったとはいえないけど。

そんなことがなぜわかるのか、不思議に思うだろう？　正直、僕にもわからない。ただ、生きていた頃にはわからなかったたくさんのことが突然、一度にわかるようになった。

人はこの世に生まれ落ちる時に、一種の記憶喪失みたいになってしまうけど、人生を生きる目的のひとつは、忘れてしまった記憶を取り戻すことなのさ。

僕がいる場所には、まったく違った知識がある。

人はすべてを受け入れられ、それは何ともほっとする感覚だ。

人生で起こる問題の多くは、自分が理解されない、わかってもらえないから起こる。

生きている間にも、互いの魂が垣間見えることがある。例えば、恋に落ちた時とかね。

僕が今いる場所が地上と違う点は、僕が魂の存在そのものだということ。体はないけど、僕はビリーなんだ。人によっては体がないとつらいだろうと想像はできるよ。自分が死んだとわかった人は、生前にあれこれ聞いたことがこれから自分に待ち受けていると思えば、そりゃ不安になる人もいるだろう。

でも、僕は違う。僕は死に向かって飛び込んだ。そしてまさに故郷に戻った気分だ。

僕のかわいい妹アニー、僕が話していることを、自分の想像だろう、妄想することで死別のつらさがやわらぐし、と思っているだろうね。

じゃあ、これが現実だって、どうすればわかってくれる？

そうだ、君に「証拠」を示そう。決定的な証拠をね。そしたら僕との会話がただの妄想じゃなく、本物だとわかってくれるだろう。本当に僕はビリーだよ、アニー。

これから言うことをしてくれるかい？　僕のグレタ・ガルボ（アニーにつけたあだ名）、テックスにコインを渡してくれ。

ビリーの話の最中には理解できないことなどひとつもなかったのに、声が薄れると、ビリーの話がまったく思い出せません。

そしてまた、ビリーは私を至福の気持ちにしてくれたのです。

ビリーと交信している時には、私の心は完全に開き、世界ががらりと変わったように感じられました。自分が客観的になることなど、どうでもよくなってしまったのです。

ビリーは戻ってきたのです。それだけが重要でした。

私はしばらく横になって、落ち着きを取り戻そうと呼吸に意識を集中させました。

その後、階下へ下りて、暖炉の薪に火をつけて頭の中を整理しようとしました。でも、疑問が次々と湧いてきたのです。

起きたのは現実？　どうして亡くなった兄と話ができるの？

私は幽体離脱を体験したの？　いや、それはない、体を抜けてどこかに行ってはいない。どこからか何かがやってきたのよ。

私は赤い表紙のノートを開いて、書き込んだものを読み直してみました。

ビリーが賢くて、一番輝いていた時の感じがする。そう、素面（しらふ）で意識がはっきりしている時の彼みたい。それに、ビリーには私の心が読めるようね。だって私が、話しかけてくる声がビリー本人かどうか疑っているのを知っていたもの。

突然、自分の妄想だということ自体が論理的ではない気がしてきました。妄想なら疑いは生まれないはずなので、たぶんビリーの声が聞こえるのは、もはやなくなってしまった手足があるように感じる幻肢の一種か、あるいは自分の頭の中で聞こえている声なのでしょうか。よく人が、「父が頭の中でこう言うのよ」というのを耳にしたりもしますから。

でも、ビリーの声は自分の中からではなく外から聞こえてくるし、声が聞こえてくる時にはまるで長い階段の一番下にいる私に、ビリーが階段の一番上から話しかけているような感じでした。これまでビリーの声が聞こえてきた二度とも、どこか上のほうから、それも右側から聞こえてきたのです。

不思議なことにビリーは、私の友人テックスにコインを渡すように言いました。

なぜ？　どうしてビリーがテックスの名前を知っているの？　会ったこともないのに。なのにビリーは、テックスに自分のことを話してくれと言ったのよ。

私はビリーのためと思ってずっと、したくもないことばかりしてきた。親にウソもついたし、お金もあげたし、ビリーは私の小さなアパートのソファーで1週間も酔い潰れたまま、ということもあった。死んでからまで、ビリーのために何かしなくちゃならないの？

テックスにビリーの話をしなくては、と考えているうちに、ビリーのいる次元の持つ不思議な魅力が薄れていき、それにつれて日常がこれまでになく平凡に見えました。

けれど、それでもわくわくするようなことが起こったのです。決まりきった人生を生きるだけの私の日常を変えるような出来事が。

3年前のことです。私はひどく厭世的になっていました。

私はニューヨークでカイロプラクティシャンとして成功し、夫のスティーブは法律事務所を共同経営し、私も才能のある音楽プロデューサーとコラボして曲も作りと、はたから見れば私の人生は大変順調なように見えていたはずです。

けれども、たった数か月ですべてがうまくいかなくなってしまいました。夫のクライアントのせいで私が偏頭痛に悩まされるようになるし、夫は急によそよそしくなり、しかも私の曲はひとつも売れませんでした。私はいつも一人になりたいとばかり考えていたので、そんな私にビリーが「グレタ・ガルボ」（女優の名）とあだ名をつけたのです。

まるで崖から飛び降りる思いで夫と別れた私は、仕事を辞めてニューヨークを離れ、ロングアイランドのはずれにある古い小さな家に引っ越しました。そして、中古機材を買い込んで、音楽スタジオを自作したのです。10代の頃から曲を作り続けていた私は、いくつかの大手レコード会社の人と親しくなっていました。無理だとは思いながらも、音楽に没頭できればシンガーソングライターとして生活していけるだろうと思っていたのです。

ロングアイランドに引っ越してからの半年間、2匹の猫と一緒にガーディナーズ湾のそばに一人きり、誰も買ってくれないひどい曲を作りながら一日に数回瞑想をし、水辺を長時間散歩し、数日に一度郵便局の人に会うほかは誰とも顔を合わせることなく暮らしていました。

けれども、一人きりでも始められることがあります。パジャマを着替えることなく暮らし、汚らしい私の髪はまるで散らしたサラダみたいになってしまい、1週間後、地元の「小説家志望の会」に参加することにしました。たとえすぐにベストセラー作家になんてなれなくても、私には書きたい小説があったので、少なくとも家から出る理由にはなりました。

その会で出会ったのが、会の主催者であるテックスでした。彼女はすでに自叙伝を1冊出版し、ケーブルテレビの人気番組の脚本も手がけていました。私たちは出会ってすぐに意気投合しました。

でも、どうしてビリーはテックスにコインを渡してなんて言ったの？

私はダイズ巡査部長が送ってくれた封筒を開けてみましたが、中にはビリーの所持品がわずかに入っていただけでした。

破ったアドレス帳、ラマダ・インのカード、汚れたサングラスが2つ、ぼろぼろになった革の名刺入れ、そして7ドルと小銭のコイン。これがビリーの遺品すべて？

私はコインを台所のテーブルの上に広げました。

25セント、5セント、10セントコインが1枚ずつ。どのコインをテックスに渡せというの？

すると突然、ビリーの声が聞こえてきました。

僕の……車を……探し出せ……。

私はびっくりしました。何しろビリーの声が聞こえてきたのが、今までのようにベッドの中で半分寝ぼけている時ではなく、日中だったからです。そして、ビリーの声はいつもより大きく、ロボットのような機械的な命令口調でした。

怖くなった私は、もう一人ではどうにもできないと思い、別れた元夫のスティーブに電話をしました。

「おかしなことが起こったの」そう言った後、私は深呼吸をして、「ビリーが私に話しかけてくるの」と言いました。

「そりゃあ、すごい。で、ビリーは君になんて言ったんだい？」

元夫の声からは、疑っているのが伝わってきました。

「ビリーから言われたことは、ずっと書き取っているわ」

電話の向こうからは何の返事もありません。

「私がおかしくなったと思っているでしょう？」

「いや、違うよ。人間って、そんなに急におかしくなったりしない。何かが起こっているってことなんだろう。書き取ったものを僕にファックスして」

何でもすぐに取り掛かる、それがスティーブの仕事の仕方なのです。私は続けました。

「それと、もうひとつ。今、台所にいる私に、ビリーが自分の車を探してくれって言ってきたのよ。ビリーは車なんか持っていたの？」

スティーブならこの質問に答えられるはずでした。亡くなるまでビリーにつきまとわれていた唯一の人だったからです。お金、アドバイス、友情、同情、スティーブはいつでもビリーが欲しがるものを与えていました。

スティーブは教えてくれました。

「ビリーは古いベンツを持っていて、そこで寝起きしていた。でも、亡くなる1週間前には森の中に運んでいったはずだよ。たぶん、フロリダの廃品回収場だったと思う」

ビリーは車を持っていた！

「またかけるわ」

私はそう告げて電話を切りました。体は震えだしたのですが、もしビリーが今も私のそばにいるのなら、そしてもし、私に答えてくれるのなら、知りたいことがあったのです。

「どうしたら、ビリー、あなたの車を探せるの？」

僕の……カード……入れ。

息せき切って、私が封筒に入っていたカード入れを探し出すと、中からメルセデス・ベンツのディーラーの名刺が出てきました。

車から……僕のものを……取ってきて……。

「何を？」

返事がありません。

「何を取ってくればいいの？　ビリー」

彼はどこかへ行ってしまいました。

私は落ち着こうと努力しながら、名刺に書かれたディーラーのハンズに電話をしました。そして、ハンズが実際にビリーの廃車を預っていると聞いた時に、私は倒れそうになりました。

私が急に霊能力者になったのか、それともビリーが本当に語りかけてきているのか。

いずれにしろビリーが車内に残したものを送ってほしいと頼むと、すぐに送ると約束してくれました。

それから数日間、毎朝目を覚ますたびに小さな声でビリーの名を呼んでみましたが、何の反応もありません。

心のどこかで、ビリーを呼び出せないことにほっとしていました。

私ではなくビリーが、いろんなことを引き起こしているんだ。

全部ビリーのせいよ、事が起こるのは……。

人生で起こる問題の多くは、
自分が理解されない、わかってもらえないから起こる。

3章　地上では見えないものが見える

……至福の海に浮かぶ

　ビリーが台所に現れてから数日後、小説家志望の会でテックスに会いました。

　毎週水曜日の夜の7時から9時まで、作家志望者たちがテックスの家の灰色の石でできた大きな暖炉の周りに座って、それぞれが書いた文章を読み上げます。

　作家の卵たちは、ひそかに次のベストセラー作家は自分だと信じていたので、互いの作品の論評には穏やかに気を使っていました。でも、会の後でテックスと私だけになると、その夜読み上げられたものを容赦なく分析しました。これは何も私たちが冷たいからではなく、そうしてテックスは私に文章の書き方を教えてくれていたのです。

　会が終わると、テックスはいつものように1杯のスコッチを持ってきて、私もワインをすすりました。

　2杯目のスコッチを飲み干したテックスに、私は次のように切り出しました。

「ねえ、あり得ない話なんだけど聞きたい？　実は、ビリーが話しかけてくるの」

彼女は目をしばたたかせましたが、笑いはしませんでした。私は続けました。

「冗談じゃないのよ。ビリーが話したことを書き留めているわ。私、おかしくなったかな?」

「だからなのね。ビリーが亡くなってからずっと落ち込んでいたのに、今夜は元気だったもの。

そうね、私は信じるわ。信じることにする」

「それで、ビリーがあなたにコインを渡してくれって言うのよ。でも、私には何のことやら、
さっぱりわからないの」

そう私が言うと、テックスが笑いながら、

「いいわね。ビリーが私に渡したいものがあるなんて」

私は財布からビリーの写真を取り出して、テックスに見せました。

「ハンサムな人ね。それに、誰も知らない秘密のある人って感じがする。デートしてみたい、
そんな気になる人ってことだけど」

同じようなことを私は前にも聞いたことがあります。ビリーは女性にはとても魅力的に映る
ようです。でも、それは努力で身につけた魅力というより、天賦の才のようなものでした。

「それで、ビリーはどんなことを話したの?」テックスが尋ねました。

「至福、光、目に見えない高次元の存在についてよ」

「次週の会で、その話をみんなの前で読んでみたら?」

「冗談でしょう？　死んだ兄が話しかけてくるなんて、人に知られたくないわ。それにスピリチュアルな経験は誰にも話してはいけないことになっているし」

「じゃあ、こうすれば？　あなたが書いている新しい小説だということにして、主人公ビリーが天国からあなたに話しかけるって設定にすればいいじゃない」

「考えてみる」

たぶん、ビリーが生前にやり残したことがあるのだろうと頭ではわかっていても、私としてはビリーのことや死後の世界のことを他人に評価されたくないと思っていました。私はビリーとはかなり年が離れていますが、ビリーはみんなから誤解されている、私が守ってあげる、とずっと思い続けてきたのです。いずれにしても小説家志望の会でビリーの言葉を朗読するのは危険だと思っていました。

きっとみんなに、変になったって思われるわ。

次にビリーが現れたら、みんなの前で彼の言葉を朗読していいか聞いてみるつもりでしたが、その2日後の夜明け前にビリーに起こされた時には、そんな質問もビリーのいる次元の中に溶けてなくなってしまいました。

おはよう。かわいい妹。

僕にはもう体がないけど、まだ自分という感覚はある。

けれど、本当に僕のたくさんの部分が至福の海の中に消えていったよ。

誤解しないで。祝福をどっぷり経験してはいても、僕自身は決して消えてはいないから。

「至福って何?」だって? それは愛の千倍も大きくて、でも愛する相手が誰であろうとまったく関係ない自分の感情だ。愛だけで満たされ、愛そのもの、ってところだ。

地球では普通、愛を知るには誰か相手が必要だし、その愛は変化する。だけど祝福の中にいると、愛せなくなることもなければ愛する理由もまったく必要ない。魂が至福の次元に浮かんでいるだけで、祝福で満たされて当たり前なんだ。

至福を感じることは、人間の体を持っていては無理だ。なぜなら、体はある法則に従っているから。

きっと、僕がいるこの場所にも法則があるんだろうけど、それはもっと寛大で、気楽で、自分の好みにまかされている。君が暮らす場所にはない自由がここにはある。

地上では、周りの状況から自分の限界ってものにとらわれてしまう。僕には限界なんてなく、あるのは可能性だけなんだ。

神、スピリットなど呼び方はいろいろだけど、僕がいる場所ではそれが絶対的存在だ。

天空を漂う僕の周りを囲んでいた輝く光には、知恵、親切、慈悲、知性などさまざまなものが含まれていた。それらの光は絶対的存在の持つ最上の思考だと僕は信じているし、絶対的存在そのものだと思うこともある。本当のことはまだわからないけどね。

体を持って、肉体的な目でとらえられる光には限界があるんだ。君の目で見えるのはせいぜい光が照らし出すものぐらいで、魂と同じく、光を直接目で見ることはできない。だから、地上にはたくさんの苦しみが生まれる。だって、自分の目で見えないものを信じるのは難しいからさ。

ここの光で、地上では見えなかった「すべてのものに神が宿る」ってことが見えるようになるんだ。

苦悩への一番の治療だと思わないかい？　目の覚めるような経験だよ。

それがどんな意味を持つかだって？

それは、目に見えているものの中にある目に見えない存在が見えるようになるってことだ。地上で生きているのは、君と思っている君だけじゃない。君には魂があり、その魂が何かを追い求めてさまよっているのさ。

そして、僕のプリンセス、僕が過去に君をどんなにがっかりさせることがあったにせよ、そこにとどまらないでくれ。落胆は地上にあるもののひとつだけど、物事は常に変化するものなんだ。

君も何度も聞いたことがあるだろうが、これこそ秘訣なんだよ。物事は常に変化するんだ。君が死んだら、死ぬことのない不滅のものがどれほどあるかがわかるだろう。だけど、それも変化する。

東洋にマヤ、つまり幻想という概念があるけど、どういう意味だと思う?

それはね、「一時的な」という意味で、人生は一時的な現象にすぎないんだよ。


次の水曜日、小説家志望の会の夜は、とても寒くて荒れた天気でした。

私は赤い表紙のノートの入ったバッグを持って車を降り、テックスの家へと歩いていると、フットライトがいつもより明るく、月もさらに輝き、葉の落ちた木々がまるで彫刻画のように見えました。

「ビリーのおかげね」

そう私は独り言を言いましたが、そんな言葉を使ったのは初めてでした。

私たち6人は、テックスの家のグレーの椅子に腰かけました。

その夜、最初に朗読するのは私でした。

「新しい小説を書き始めました。ちょっと奇妙な話なんですけど」

赤い表紙のノートを取り出して、私はビリーが語った2回分の内容を読み上げました。

終わって部屋を見回すと、うなずいたり賞賛したりする人の顔が目に入りました。みんな優しいから。だって、私がビリーを最近亡くしたのをみんな知っているもの。ただ一人、ＪＢという男性だけが私に顔さえ向けませんでした。彼が優しくないのは知っていましたし、クールで人に距離を置きたがる、感情をあまり見せない人でした。そのうえ、言葉にはしなくとも他人の作品に一番ケチをつけたがるのもわかっていました。

テックスはただ座って、カップの中のコーヒーを見つめたままでした。

すると突然、抑えきれないプレッシャーを感じた私は、黙っていられなくなってしまったのです。

「実は、変に聞こえるでしょうが、ビリーが私に話しかけてくるようになったの。今、朗読したのは、本当はビリー本人の言葉なの」

「ビリーの言葉をあなたが書き留めたってわけね」とテックスが言いました。

「亡くなった兄と本を書くなんて、本当に変よね」と自分がいやいや朗読したと説明しようと、あわてて続けました。

「みなさんは私のことをよく知ってると思うけど、こんなふうに死んだ人の言葉を書き留めることにはいろんな意見があると思う。頭がぶっ飛んでいるとか、最悪、そんなことあり得ない、ほら吹きだ、と思う人さえいるわ」

「いつからそんなに他人の意見が気になるようになったの？」とテックスが言いました。

「気にならないわ。だけど、私はビリーとの会話を台無しにしたくないの」

そう私が返すと、ＪＢが口を開いたのです。

「19世紀後半のブラジルの小説家マシャード・ジ・アシスは、『ブラス・クーバスの死後の回想』（武田千香訳　光文社文庫）という偉大な作品を残したんだ。亡くなった主人公が死後の世界から語る、って設定なんだが、君が今夜やったことと同じだ。小説ってことにしておけばいいじゃないか。誰にも本当のことはわからないさ」

私はその夜、ビリーが朝になったら来てくれないかな、と思いながら眠りにつきました。

でも、数日たっても何の気配もありません。

たぶん、スピリチュアルな経験を他人に話したから、ビリーとの接点を失ってしまったんだわ。どうして私は瞑想の先生にじゃなく、テックスに相談してしまったのだろう。

今度は私がビリーをがっかりさせてしまったのね。

ここの光は、
地上では見えなかったものを
見えるようにしてくれる。

4章　自然は苦しみを癒してくれる

……愛のエネルギー

小説家志望の会でビリーからのメッセージを読んだ2週間後は、ビリーの誕生日でした。私はいまだビリーから次のメッセージをもらえずにいて、落ち込んでいました。

夜中に目が覚めると、体中に痛みが走りました。

きっとビリーが怒っているんだわ。たぶん、私が秘密をばらしたって怒っているのよ。

どうして私はビリーに許可を取らなかったの？

神さま、聞いてください！　私は薬物依存症で死んでしまった兄に許可を取らなくてはならないような変人になってしまったのです。

落ち着かないと。

本物のビリーのはずがないじゃない！

その時、ビリーの歌声が聞こえてきました。

誰も、奪うことはできない、この思い……。

（「THEY CAN'T TAKE THAT AWAY FROM ME」作詞／アイラ・ガーシュイン作曲／ジョージ・ガーシュイン）

心配しないで、プリンセス。僕は地上から旅立ったけど、君のもとから去ったわけではないだろ？　今は僕は君を守ってるんだから。

君が疑っても、それを責めはしない。でも、もし僕が本物じゃなかったら、僕の歌を聞いて君の気分がよくなったのはなぜかな？　何しろ僕は音痴なのに（笑）。

僕が君に与えているのはエネルギー、愛だ。地上でいう愛とは違うよ。

君が何をするからとか、君がどんな外見かとかにはまったく関係ない。今日大嫌いだった君を明日急に愛するようになる、なんて類の愛とも違う。

昨日は君を愛していたのに、昨日の君と違うから今日は君が大嫌いになるなんてことは地上ではよくあることだけど、僕が君にもたらしている愛は、僕がいる場所から送っているんだ。

どうやって送っているかって？　たぶん、送ってもいいって許されているからだと思う。異なる次元にいる君と僕の間の交流が許されているんだよ。

なぜだろうね？　たぶん僕が君に何かを与えたいと心から思っていて、そして君が僕から受け取ることのできるもの、それが愛のエネルギーだからだと思う。君の日常には異次元のエネルギーが必要なのさ、ミス・ガルボ。

誕生日だからって、僕を呼び出してくれたけど、僕は今、深い学びの状態に入っていて、君がいくら僕の声を聞きたくてもなかなか応えられないんだよ。

代わりにしっかり厚着をして、海辺の散歩に出かけたらどう？　生き生きとした青い海の塩水と雪を顔に浴びてきてごらん。自然は君の背負う苦しみを許してくれる。

それに自然には、地上で一番多くの光があるんだ。

自然の中で、いつもやっている瞑想の代わりに、僕が死んだ時に経験した光の空洞を思い浮かべてごらん。そしたら君が死ぬ時にどんな感じがするかがわかるし、死後の世界がそんなに遠くにあるわけじゃないのもよくわかるはずだ。君には僕が話した光の空洞のことが、ちょっとだけ感じられると思うよ。

もう行かなくちゃ。ハッピーバースデー、僕！

明るくなり始めた外へ出て、防寒をした私は海へと向かいました。

私が海辺にたどり着くと、ちょうど小雪がちらつきだしました。水、空、カモメの鳴き声、小雪が優しく踊るように舞う風景を見ていると、気分が高揚してきました。

そうか、ビリーは私を守ってくれているんだ。あのめちゃくちゃだった兄が、今度は私を導いてくれるんだ。

ビリーが生きている間には知るはずのない私を知っているのよね。だって、私が瞑想をしていることは知らなかったはず。きっと、ビリーが死んだ後、私のすべてが止まってしまっていることもお見通しね。

ビリーが亡くなり、私の寝室の隅にある黄色いシルクのクッションに座って瞑想をしようとしても、私の心はあまりにぼろぼろでした。横になって瞑想をしようと試みても、感じるのはつらさだけでした。見えるはずの光はなく、痛みしか感じられないのです。瞑想を始めて10年間で初めて、目を閉じても何も起こらず、自分の中の光も見えなくなってしまっていました。

浜辺からの風が冷たくなってきたので、私は家に戻ることにしました。

家に戻ると、ベッドに横になって目を閉じ、自分が癒しの空洞に入るイメージを持ちました。すると、スポットライトのように差し込む銀色の光に包まれる感覚がしたかと思うと、その光に頭のほうから吸い込まれて、私の細胞が星のように光り始めました。

起き上がった時には、まるで純粋なエネルギーの滝を浴びた直後のようで、自分の中に光が見えるのではなく、自分が光に包まれているのを感じたのです。

私は数時間、その至福の感覚のままお茶を飲み、暖炉のそばで食事をとり、キーボードで曲を作りました。自分の目がはっきりと開いているのがわかりました。

光の空洞を体験してから、私は再び瞑想ができるようになりました。

暗くした部屋の中で、自分の中の光に集中し、何時間もクッションの上で瞑想を続けました。長時間瞑想をしていると、途中で壁にぶつかったり、不快な感覚がしたり、心が乱れたり、途中でやめたくて仕方がなくなることがありますが、今では長時間続けることができます。

そう、今やビリーのおかげで、ビリーの死を乗り越えたのです。

変で何をしでかすかわからない、それでいてとても魅力的な兄ビリーが、今や宇宙の秘密を私に語ってくれているのです。私にとってこの事実が何より、思ってもみないことでした。

ビリーが次にいつ私のもとに訪ねてくるかどうかは、まったくわかりません。

何しろ、ビリーが訪ねてくるパターンといえば、夜明け前が多いぐらいで、決まりが一切なかったのですから。

自然は君の背負う苦しみを許してくれる。

5章　太陽のないところに光はない

……的中したメッセージ

ビリーの誕生日から数日後、ビリーを車ではねた運転手の保険会社から電話がありました。その人は事故当時のことについて、衝突の瞬間、ビリーの頭はフロントガラスを破って運転手の目の前まで突き抜けていたと語りました。

その後彼が何と言ったか、ぼうっとしてしまった私はよく覚えていません。電話を切った私は、机に泣き伏してしまいました。

すると、しばらくして天井からビリーの心安らぐ声が聞こえてきたので、私はあわてて赤い表紙のノートを持ってきました。

さて、最悪な朝を迎えさせてしまって、すまないね。僕の頭がフロントガラスを突き抜けたことなど、君が知らなくてもいいことだものね、プリンセス。

けれども僕にとっては、その運転手は天使みたいなものさ。聖人だよ！　僕を今いる世界に送り出してくれたんだから。僕には送り出してくれる人が必要だった。できれば運転していた人を探し出して会いに行って、僕からのキスをしてきてほしいぐらいだよ。

そして、今日は3月15日。僕がドラッグを売った罪で刑務所に入った日さ。

僕はドラッグの大物売人ではなかったけど、吹けば飛ぶような小物でもなかった。ドラッグを続けるだけの金は稼いでいた。ジャンキーの生活は、結構大変なんだ。僕の歩んだ道は特殊だったけど、ドラッグは僕の生活の一部だった、それだけさ。

フロントガラスを突き抜けた頭、ドラッグの売人、そして数年間の刑務所暮らしなんて、君にはまったく興味がないだろうけど、僕には面白い経験だった。

堕落しきるまでって、どれだけのことをやればいいんだろう?

そう、僕は堕落していたんだ。そして、そうなると、そんなにいいもんじゃなかった。

そして、60歳にもなると、僕の魅力は陰り始めた。

僕が愛して、ずっと僕の面倒をみてくれた女性たちのことを覚えているかい?

女性は心に闇を持つ聖人が大好きなものさ。僕は、天使から遣わされ、自分の命を燃やしながらも光を届ける純粋な心を持つ秘密工作員、闇のメッセンジャーみたいなものだった。僕は、その役を続けていかなくてはならなかったし、何より僕には救いが必要だった。女性は「誰かの心を埋める」のが大好きなものなんだよ。

僕は結局、浅黒い肌のハンサムで、低音ボイスの魅力的な男だった。それはそれでよかったけど、おまけみたいなものさ。僕は何があろうと、その場にふさわしい声と、ふさわしい言葉を選びながら、いつも真摯（しんし）だったんだ。

どうやったら美しく、そして同時に恐ろしい人でいられたかって？

実は僕にもわからない！

ところでアニー、今日、小説の会に行ったら、ＪＢにメッセージを届けてくれないかい？

「太陽（サン）のないところに光はない」って。僕が車にはねられた様子を語る時に、そう伝えてくれ。

「冗談でしょ！　ＪＢにメッセージなんか届けないわ」

私は叫んでいました。ＪＢにはビリーからの言葉を一番聞いてほしくないし、私はみんなの前でビリーの言葉を話すだけで十分危険を冒しているの！　なのに今度は、みんなの中で一番私の話を疑っている人にメッセージを届けろだなんて。

ＪＢは、ビリーの言葉をフィクションにしたほうがいいと言ったし、そもそもＪＢは実話だと思っていないもの。

「太陽（サン）のないところに光はない」って、ビル・ウィザースの「Ain't No Sunshine」の歌詞のこと？

「太陽(サン)のないところに光はない」


ビリーの繰り返す声がどこからともなく聞こえてきました。

「ビリー、私の考えが読めるのね。すごいわ。でも、メッセージなんか届けないから」

ところがその夜、驚いたことに、ビリーがフロントガラスを突き破った話を終えた私は、ＪＢに向かって言ったのです。

「変に思うでしょうけど、ビリーからあなたにメッセージを伝えてくれと言われたの。『太陽(サン)のないところに光はない』ってね」

ＪＢを含めて、誰も反応しませんでした。

そして、次はＪＢが作品を読む番です。

彼が書いていたのは、フランスにいた頃の自叙伝的な文章でした。すると、ＪＢが朗読の途中で突然、声を詰まらせ泣き始めたのです。

誰も知らなかったのですが、彼の息子は車にひかれて亡くなっていたのでした。

部屋は静まり返り、ＪＢもしばらく声を出せずにいましたが、しばらくして最後まで読み終えました。私も含め誰もがショックを受け、悲しい気持ちになりました。

そうか！　と私は思ったのです。「サン」とは太陽のことではなく、「息子(サン)」だったんだ！

「息子(サン)のいないところに光はない」という意味だったんだ。

終了後に一人残っている私に、テックスがスコッチを持ってきました。

「今日起こったことって、本当なの？　信じられない」

私が言うと、テックスは笑って言いました。

「そうよ。本当なのよ」

「ビリーは私に、自分の事故の話を今日ここでするようにと言ったのよ。誰が同じような話をするってわかる？　車の事故の話なんて」

「アニー、私にもわからないわ。でも、今日のビリーのＪＢへのメッセージは始まりにすぎないと思う。だって、あまりにも衝撃的なくらい、ぴったりのタイミングだもの。ＪＢはどう思っているのかしら」

「たぶん、普通じゃ考えられないけど……」と私は続けました。「きっと、ビリーはＪＢの息子さんの魂がどこかにまだいるって伝えたかったんじゃないかしら？」

私はその晩、ジェットコースターに乗る子どものように興奮しつつ、少し怖くもなりながら、ベッドに入りました。心臓が激しく脈打ち、何かとんでもないことが起ころうとしていると感じていました。それに、そのとんでもないことを目撃した人がいる。

それまでは、心のどこかでまだ自分が本当にビリーと話しているのかどうか疑問に思う部分があり、悲しみを乗り越えるために自分の潜在意識が心の中にビリーを作り出しているのかもしれないとも思っていました。けれども、今日の会で起こったことは、ただの偶然にしてはできすぎていました。

次の日目を覚まし、耐えがたいほど歯が痛み、腫れ上がった自分の顔を見た途端、昨日の興奮は恐怖に変わってしまいました。

ＪＢにメッセージを届けるべきじゃなかったんだ。生者と死者の間の越えてはならない一線を越えてしまったのかしら？　だから、その罰として歯が痛みだしたの？

これ以上、先に進んではならぬということ？

どうして私がビリーの言う通りに行動しなくちゃならないの？

生前のビリーに、人が困った時に頼れるほどの力があったわけでもないし。

ビリーは死んでも生前のように危険人物なのかもしれない。

それでも私には、ビリーが愛してくれているのがわかっていたので、私を傷つけるようなことはしないだろうと思い直しました。それとも、傷つけることがあるの？

太陽のないところに光はない。

6章　すべてを受け入れれば、とても楽しい

……全人生が3D映像で映し出される

歯の痛みは悪化して炎症まで起こしてしまい、私は怖くなってきました。

なぜこんなことが続くのか、答えがほしくなりました。ビリーが説明してくれないかと毎朝待っていましたが、そんな気配はありません。彼は、どこかへ行ってしまったのです。

ＪＢとの不可解な出来事を起こしたビリーがそのまま姿を消してしまったなんて、私には信じられませんでした。

でも、それがビリーなのです。昔からそうだったのです。

ビリーがＪＢへのメッセージをくれたことで、ビリーとの会話がただの想像ではないとはっきりしました。でも、死後の世界の存在を証明できる私とは、いったい何者なのでしょう？

たぶん、明かしてはならない秘密、宇宙のパンドラの箱に触れて、タブーを冒してしまったんだわ。

ＪＢへのメッセージを伝えた次の小説家志望の会は歯痛で休みました。

後でテックスから誰もビリーのメッセージのことを話題にしなかったと聞いて、ほっとしました。そして、いつも持ち歩いていた赤い表紙のノートを寝室の引き出しの中にしまいました。

それから約1か月後の4月初めになって、やっとビリーが現れました。

おはよう！ アニー、僕は君を見捨てたりしてないよ。

でもね、僕のスケジュールは君のことだけじゃないんだよ、プリンセス。

歯が痛くなって、怖くなった？

違うんだよ。歯が痛くなったのは、君が僕のことをみんなに話したせいじゃない。聖なる力は、君が死後の世界について何を書こうが、君を罰したりはしない。

言ったよね？ 僕がいる場所に「罪」という概念はないんだ。だから、歯が痛いからって、僕たちの本を書くのをやめないで。

君はとても敏感だ。だからこそ、こうして僕と話もできる。小さい頃から君は敏感な子で、何でも怖がった。まあ、もし僕に僕みたいな兄がいたら、僕だって怖かっただろうけど（笑）。

この前、君のところを訪ねてから、僕はいろいろなものを眺めながら宇宙を漂っていたんだけど、そのうち宇宙の風がゆっくりとしたスピードで竜巻のように僕を囲んで回り始めた。フロントガラスに積もる白い雪のように、白い結晶がうずの外側へと吹き飛ばされていたから、風には磁気みたいな力が含まれていた。

そして、僕の周りを回っていた風がやむと、僕を中心におおよそ30メートルくらい離れたところで、結晶が輪になった。「おおよそ」と言ったのは、僕のいるところでは実際の距離を測る基準がないから、ひょっとしたら、もっとずっと遠くにあったのかもしれない。

すると今度は、まるで誰かが宇宙のプロジェクターのボタンを押したかのように、僕の周りをグルッと囲んだ輪に映像が映し出され、その映像は今もまだ流れている。

僕に見えているものは、映画館で観た映画とはまったく違っている。何よりまず、僕は宇宙の真ん中に浮かんでいるし、それに映像全体がいっぺんに流れているし、映像はホログラフィック（3D）になっているんだ。

僕の人生の真実を映し出す、数えきれないほどたくさんの次元の映像が一度に流れている。ベビーベッドで泣き叫ぶ僕、屋根から屋根へと飛び移って母に歩道から叫ばれている黒髪のくせ毛の6歳の僕、黒いジーンズをはいて腕にひもを巻いていた10代の僕、ラスベガスの教会で美しいブロンドの花嫁にキスをしているスーツ姿の僕など、僕がどのくらい人気者だったかすぐにわかったよ。

僕らの中に埋め込まれたコンピュータチップのようなものには、生前に経験したすべてが記録されていて、そして今、僕は自分の生まれてから死ぬまでの人生を見ている。僕は、こっちを見たり、あっちを見たり、早送りしたり、巻き戻したり、拡大したり、縮小したりしながら自分の人生を見直している。

僕には自分がたどってきた道が見えるし、たどらなかった道も見える。自分のどこが天才並みにすごかったかも、もっとこうすればよかったのにと思うことも、全部見える。

かといって、モラルを基準に自分の人生を裁こうとしているわけではなく、ただ面白い。自分の人生を振り返るホログラムの一番面白いところは、何といっても、ほら、君だってよく思うだろう？「もしあの時こうだったら」って。僕だって生きていた頃に、「もし初恋の人と結婚していたら？」「もっと学校で成績がよかったら？」なんて考えたものさ。

で、「もし」ということを考えたら、何が起こると思う？　僕が見ているホログラムが次々広がるんだよ。そして、その「もし」という人生を生きていたら、どうなったかも見える。つまり、自分が選ばなかった道を進んでいたらどうなっていたかも見えるってことなんだ。

でも、驚いたことに僕には、他の道がよかったなんて思うことはないよ。僕にはあんまり好みってものがないんだ。僕の人生すべてが素晴らしかったし、後悔など何もない。

変かな？　だって、僕は他の人からすれば「間違い」をたくさん冒してしまったし、それも決して小さいとは言えない間違いだった。でも、自分の人生をホログラムで見ると、僕の人生は素晴らしかったと思うよ。つらかったことでさえ、すべてが。

もちろん生きていた頃には、とてもそうは思えなかった。でも今、つらかったこと、苦しんだこと、起こったすべてに違うとらえ方ができるようになった。

宇宙のスクリーンに映し出される映像の見方は人それぞれだけど、僕の場合、ちょっと距離をおいて、人生の浮き沈みや出来事を他人事のように見られたからだと思う。

おかしなものだね。人は死んだら審判の日が来るというけど、実はそんなことはない。審判の日なんか来やしない。自分の人生を眺めるにしても、自分のしたことすべてを受け入れさえすれば、とても楽しいものさ。

生きていた頃にこうできたらどんなに素敵だっただろうとも思うけど、まあそこまで成長していなかったってことだろう。そんなふうに生きるには、ブッダみたいにならないと。

だから、生きてた頃と違ってすべてが素晴らしいんだ。まるで薬でも飲んだみたいだよ。でも、その薬は今まで飲んだことのない薬だ。とても純粋で、ずっと素晴らしく、何の副作用もない薬。それに、何より違法じゃない（笑）。

この薬って、「聖なるものの存在」や、それより高い次元に近い存在そのものってことじゃないかな。

どうしてそう言いきれるか、って？

それはね、今の時点で僕の周りに、そんな「存在」がいることにまったく疑問がないからだ。

賢く、親切で、恐ろしく進化した存在の愛に僕は守られている。

忘れてならないのは、この愛というのは、人間の使う意味の愛ではないってこと。

この愛は他のものとは比較にならない、至高の愛なんだよ。至高の愛を受け取るというのは、誰かが自分を無条件に愛してくれるということだと思う。

きっと、君も自分に対してそんな愛を感じ始めているはずだ。無条件に。


ビリーが話している間に、私はまた彼のいる世界の光に引き込まれて、今自分が抱えている心配事などすっかり忘れていました。

数時間後、ビリーのいる世界からの影響が消えてしまうと、まるで宇宙飛行士が地球の重力に適応するのに苦労するように、自分の日常のささいなことをこなすのが、またやすいことでなくなってしまいました。地球の引力にずっしり引っぱられてしまった私は、まるでこの世で生きるのに適応できない宇宙人が機能障害を起こしたような有様でした。

その日の午後、台所に立っていた私に、ビリーがささやきました。


お金を見せて。

ビリーはどうやら、日中の陽があるうちのほうが私が動揺しないと思ったようです。

テックスに電話をして、「お金を見せて」って言ってごらん。

ビリーは、テックスに渡してほしいと言った、まだ見つからないコインのことを言っているのでしょうか。

電話に出たテックスに言いました。

「ビリーがあなたに『お金を見せて』って伝えてほしいって言うんだけど、意味わかる？」

彼女は数拍おいてから、笑いだしました。

「今朝、犬の散歩で海辺に行ったの。その時、私はビリーのことを考えていたのよ」

テックスはしばし間をおいて続けました。

「実はね、私、ビリーに話しかけたの。彼と私の間の会話は秘密にしておくつもりだったけど、私がビリーと話をしたサインがほしいと言ったのよ。でも、このこともあなたにも話すつもりはなかったわ。散歩から帰った私は、シャワーを浴び、そして、ここが不思議なところなんだけど……」

「何？」

「私は自分の小説のことを考えながら、鏡の前で踊って、『お金を見せて』『お金を見せて』と繰り返していたの」

私は言葉を失いました。

テックスは笑っていましたが、私には面白いというより、困惑しました。もはや、ビリーの声が聞こえるにとどまらない、不思議なことが起こり始めていました。

ビリーと私が会話をしているということと、ビリーが私以外のテックスやＪＢをビリーのいる世界に巻き込むのはまた別の話だと思ったのです。

審判の日なんか来やしない。
自分の人生を眺めるにしても、
自分やしたことすべてを受け入れさえすれば、
とても楽しいものさ。

7章　結果に正解はない

……人生をじっくり振り返る時間

数日後、話しかけてきたビリーがあまりに早口で、書き起こすのが間に合わなくなった私は、「ちょっと待って」と赤い表紙のノートを下ろして言いました。

「パソコンが要るわ。そんなに速くは書けないから」

パソコンを置いている前の窓からは、木のてっぺんや空が見えます。窓から自然光が燦々と差す場所に座った私には、聞こえてくるビリーの声がますます不思議に感じられました。

窓越しに空に向かって伸びる葉を落とした枝が見え、その向こうからビリーの声が聞こえてきました。ビリーがやってくると、世界が明るく見えました。

おはよう、プリンセス。ここまでの話をまずしよう。

僕がやっていることは、ホログラムのある部分を拡大して見ることだけだ。

心配しないで聞いてね。僕を助け出そうとしてくれた時のことは、たやすくはなかったはずだけど、その経験も楽しんで振り返っているよ。

そうだね、まず僕がいなくなったのは、そう、5年ほど前だったっけ？　僕はベネズエラの美しい島、マルガリータ島に行き、スポーツ賭博でひと儲けしようと思い立った。

16歳の頃に働いていた結婚指輪を作る工場で、1本の指先を切ってしまったことから、僕はビリー・コーエンという名を、ビリー・フィンガーに変えた。覚えているだろ？　あの事故。僕が初めて痛みを解放することを覚えた事故のことだよ。

5年前、元麻薬依存症のビリー・コーエンは、デザイナーだった妻の運転手をしながら、金持ちの取り巻き連中のマスコットみたいに扱われて過ごすのに飽き飽きしていた。後先考えず、美しい妻とマンハッタンのアッパーイーストのせま苦しい場所にサヨナラを告げて、ビリー・フィンガーとして生まれ変わろうとベネズエラに逃げたのさ。

そう、僕は小さな頃に母さんから逃げたのと同じように、家を出たんだ。僕が幼い頃、困ったことからいつも救い出してくれたのは母さんだったけど、僕が生まれた時から母さんと僕の関係は微妙だった。人間ってそうなんだよ、コインが表だけじゃないのと同じさ。

実のところ、母さんと僕の関係は生まれる前から始まっていた。

母さんは僕を妊娠してすぐに、出血した。その出血があまりにひどくて、母さんは子宮の中の子が自分を殺そうとしているのだと思い始めた。だから、母さんは僕に殺される前に、胎児の僕を殺そうとした。

お医者さんは母さんに絶対安静を指示し、気持ちを落ち着かせる注射をした。当時は副作用があまり知られていなかったけど、妊婦にモルヒネを打つと、胎児はモルヒネの味にどっぷり浸かることになる。そして、僕はその通り、子宮の中でしっかりそうなったといえるだろう。

とにかく、僕はマルガリータ島のトロピカルな海辺に逃げた。そしてできるだけ早く金持ちになる計画だったんだが、そう計画通りにいくものではなかった。

もはや死んでしまった僕には、僕の救出作戦の全貌が見える。

僕が姿を消して3年ほどたった6月のある日、君が自宅からほど近いビーチに座っているのが見える。君は毛布にくるまって海を見ながら、僕がどうしているかって考えていた。そして、「きっと知らないほうがいい」とも思っていた。

それから目を閉じると、夢を見ているかのような感覚がした。水平線をゆっくりと歩いている疲れきった僕の姿が見えたかと思うと、年老いてよれよれになった僕の体から魂が抜け出して、どんどん大きくなっていくのが見えたんだ。

君は僕を呼び戻そうと、懐中電灯を手にして目印になるように海を照らした。

まるで、現実のような夢だったんだ。死んだ僕には、それが全部見える。

ところで、人は死ぬと、すべてが見渡せるホログラムを見ることになる。君を愛した人、君を嫌った人、その人たちが君に何をしたのか、何をされたから君がその人たちに背を向けたのかまで全部見える。前にも言ったけど、君にもこんなふうに自分が地上にいた頃のことをじっくり振り返る時間がやってくる。けれど、それを楽しむことを決して忘れないでね。

妹よ、もうひとつの秘密は、物事の結果に正解なんてないってことさ。ある結末が他の結末より幸せを感じられることはあっても、大事なのは幸せの度合だけじゃない。それは「音楽」のようなものさ。

人の多くは、人生の奏でる「音楽」を十分に生きてはいない。

僕はラッキーだった。何しろ僕の人生はロックみたいなものだったから。

体はぼろぼろ、いい年をして酔っぱらっている兄に向かって、目印になる光を海へと投じた夢を君が見た後、僕は一体何をしたと思う？

なんと次の日、母さんに電話したんだ。何年も連絡していなかったんだけど、母さんは以前とまったく変わらない態度で「二度と電話しないで」と言って電話を切った。母さんはいつも僕に距離をおいていたけど、その時もそうだった。僕は、昔の良き日に戻ったような気がした。

さて、僕はもう死んだからわかるけど、僕の電話の後、母さんは君に電話をして、罪悪感からヒステリックに、僕のせいでどれだけみじめな思いをしたかを明かしたよね。

僕が母さんにかなり苦労をかけたのは確かさ。

自暴自棄になった僕は、それから1週間後にもう一度母さんに電話して、君の電話番号を教えてもらった。久しぶりに電話で僕の声を聞いた君は、僕が酔って叫びながら、かゆいと訴えてもすごくうれしそうだった。

僕はあの時、すでに地獄にいるような状態で、後は悪くなる一方だった。マルガリータ島をすぐに離れなければ、刑務所に入れられるか、精神病棟に入れられて二度と出てこられなかっただろう。

君は僕に電信で飛行機代を送ってくれたけど、僕はそのお金を他のことに使ってしまった。僕はあの場所から本当に脱出したかったんだけど、飛行機に乗る手段さえなかった。僕は甘えているだけだとみんなが君に忠告しただろうけど、君はもっと深刻な事態になっていると察していた。

私は、ビリーが当時のことを話し始めると、嫌な気持ちになりました。

ビリーにしてみれば、死後の新たな目覚めを果たした境地から人生のある時期を振り返っているにすぎないのでしょうが、私にはまだ思い出すのもつらかったのです。

数年前、ビリーがマルガリータ島でぼろぼろになっていた頃の私は、ビリーのことを考えると不快になり横になってばかりでした。それでも、他のことに集中できなくなった私は、数日おきにかかってくるビリーからの電話を待つだけの日々を過ごしていました。

そして、電話がかかってくるごとに、ビリーの状態は悪くなっていたのです。

「アニー、死にそうだ。かゆくて死にそうなんだ。僕は不安症に襲われている。僕をここから連れ出して」

「ビリー、あなたがどこにいるのか教えてくれないと、どうしようもないわ」

「僕は自分がどこにいるのかすらわからない。ただかゆいだけなんだ。こんなところで死にたくないよ」

私は心療内科医、薬物カウンセラー、アルコール依存症回復施設にいる患者など、あらゆる人にどうすればいいか相談しました。カウンセラーは、ビリーが私を利用して薬代を手に入れようとしているだけだと言いました。その気になれば、ビリーは自力で家に戻れるはずだと。

すると、私は夢に、天国からやってきた父が地面を棺の形に掘っているのを見ました。父はシャベルを地面に置くと、私に向かってもうお手上げだといわんばかりに首を横に振りました。父の顔は悲しみとみじめさでいっぱいで、本当に何かよくないこと、それも死よりも悪いことが起こると警告するような表情を浮かべていました。

汗だくになって目が覚めた私は、父が夢の中で掘っていた墓がビリーのものだとわかり、まずはビリーをマルガリータ島から救い出さなくては、と思ったのです。

物事の結果に正解なんてない。

8章　他人の目にどう見えるかを気にしない

……人は生まれる前に約束してくる

ビリーを助け出した時のことを思い出しながら、私は不安になりました。

その夜、私は嫌な夢を見て何度も目が覚めてしまいました。

やっと朝が来て、私はスターバックスでダブルエスプレッソを飲みました。太陽は輝き、ようやく訪れた春の日差しが感じられるようになっていました。

家まで車を運転して帰る時に、空の一部がさらに明るい青に輝くと、明るくなったフロントガラスの向こうからビリーの声が聞こえてきました。


テックスに電話して、緑茶を飲むように言って。

外出先でビリーの声が聞こえてきたのは初めてです。いつもの私を陶酔させる雰囲気と空からの明るい光がなければ、怖かったでしょう。

すぐにテックスに電話して、緑茶を飲むように伝えて。

私は電話に手を伸ばして、テックスに電話をかけました。

「ビリーがあなたにまたメッセージを伝えてほしいって。『緑茶を飲むように』だって」

テックスは電話越しでも聞こえるほど息を詰まらせると、こう言ったのです。

「今、針灸治療院から家に帰るところなんだけど、治療院の人から毒素が体から抜けていないからコーヒーをやめなさいと言われたばかりなの。私がどれだけコーヒーを飲むか知っているわよね。『どうやってコーヒーなしで生きればいい?』って思っていたところだった」

テックスとの電話を切った瞬間に、思いついたのです。「太陽(サン)のないところに光はない」「お金を見せて」、そして今回の「緑茶を飲みなさい」というメッセージは、ビリーが見せると約束してくれた、自分が本物だという「確固たる証拠」なんだと。彼は自分が本物なのだと証明しようとしているのだと気がつきました。

家に帰った私は、まっすぐPCに向かい、窓の外の空を見上げて言いました。

「わかったわ、ビリー。わかった。あなたは本物なのね。でもどうして、こんなことがあなたにできたのか教えて」

そう言った後の私は、いつものように陶酔したようになって、ビリーからのメッセージを受け取りました。

こんにちは、僕の妹。

実を言うと、マルガリータ島から君に久しぶりに電話してしまったけど、体がかゆくなければ電話なんてしなかったと思う。それに僕は、その時まではすごく楽しい時を過ごしていたんだ。

君に体がかゆいと電話した時はまだ、お金を稼いでいた。マルガリータ島で最も厳しいとされる場所で、ブルックリンからやってきたユダヤ人の若者の僕に、ギャンブルでの借金を払ってくれる輩（やから）がいたのさ。

信じられないだろ？　僕ら人間は、地上のいろいろな事柄に関わって生きることになっている。たとえ、なぜ関わらなくてはならないか、人間には理解できないことでもね。

だから、他人を厳しく非難する前に、ちょっと立ち止まって考えてみてほしい。僕を批判的に見る人はたくさんいたけど、僕は自分が生まれてくる前に約束したことを果たそうとしていただけなんだ。

僕は、エレナという若く美しい女性と暮らしていた。エレナは20歳前後、そして僕は……彼女のまあ3倍の年齢。かわいいエレナは僕を彼女の羽の下で休ませてくれていたんだ。

昔からお酒は好きじゃなかったけど、僕は飲みたいだけ飲むことにしていた。白目が黄色くなり歯がぼろぼろになるまで、飲みたいだけ飲んだ。もはや、社会の決まりも、自分の未来も、この先飲みすぎてどうなるかなんてどうでもよかった。

だけど初めは楽しかったお酒が、やがて病を引き起こした。吐き気や不安症に悩まされ、髪は束で抜け始めた。そして何より、体中がかゆくなってきた。

知らない間に、僕の皮膚は深くまで疥癬（かいせん）に侵されていた。けれどもいつも酔って麻痺していた僕には、疥癬によるかゆみを自覚するまでしばらくかかり、そして虫が僕の皮膚に深く入り込んでいたことに、地元の医者は気づかなかったんだ。その間にも、疥癬の虫は体中に広がっていった。疥癬がこんなにつらいものとは思いもしなかった。

その虫が良い虫か、悪魔のような虫だったか、だって？
良い虫、悪い虫なんているの？　虫は全部悪い虫？　そんなことは僕にはわからないけど、虫に侵され、かゆくなったからこそ家に電話をかける気になったことは確かだ。

今ならわかるけど、あのままマルガリータ島に残っていたら、裏社会の奴らが僕をおとしいれようと準備していたはずだ。それも僕が見たこともないような、とびきりの砂糖菓子のような罠でね。

僕は、自分が砂糖菓子をうまく利用しているつもりでいた。たとえ人にはそうでなくても僕にとって素敵な経験であり、わくわくする冒険のようだったんだ。

前にも言ったけど、僕は生まれる前に経験することを「約束して」から生まれてきた。けれども僕がベネズエラに行ったのは別の話で、生まれる前の約束とは違う。闇が僕を追い詰めたんだ。

そんな運命から僕を救い出してくれたのが、何を隠そう、君の愛と決意だった。

君は僕の英雄なんだよ。僕を救おうとしていた君に多くの人が、君はかわいそうな犠牲者だとか、僕と共依存しているとか、あるいは僕の一番のお気に入りの表現だけど、僕みたいな依存症の人間を救おうなんて馬鹿だとか、歯に衣着せずに言っただろう。

けれども、僕はその時にも言いたかったんだけど、今言うよ。僕にとって君は、純粋でまっすぐな神のような存在だった。

ここにもうひとつの秘密があるんだけどね、アニー。あの世に行った兄らしいアドバイスだ。他人の目に自分がどう見えているかを心配しすぎないように！

人なんて、自分の思いたいように物事を見るものなんだよ。

宇宙での自分の役割をきちんと演じてくれ。

でも、自分のことをどう見るかを決めるのも自分だということを忘れないようにね。君の役割を他人に決めさせることがないように。

当時、誘拐されて南米にとらわれている兄の身代金を払うというビジョンが見えた私は、絶対に兄を探し出さなくてはと思ったのです。

2か月間、ビリーに飛行機に乗るよう説得するのに疲れ果てた私は、コロンビア人のネイリスト、オルガのところへ、足の爪を真っ赤に塗ってもらいに出かけました。

「どうしたの？　ひどい顔をしているけど」

オルガの言葉に、私はうっかり何があったかしゃべってしまいました。

オルガは強い人です。しばらく考えてから、次のように言いました。

「知っている人がいるわ。かなりの大物なんだけど。彼ならお兄さんを探して連れ戻してくれると思う。お金はかかるけど」

私は彼女を見つめ返しました。

どうしてその手を思いつかなかったのでしょう。

コロンビア人の大物は、兄を連れ帰るのに100万円ほどかかると言いました。解決への運命の輪が回り始め、私はさらなる名案を思いつきました。南米を旅し慣れたブロンクスのユダヤ人の友人、グル・ガイを送り込めばいいわ。

「ビリー、あなたを迎えに人を送るわ」

「本当？　信じられない！　すぐに来て。僕は死にそうだ。こんな死に方はしたくない。かゆくて死にそうなんだ」

「どこにいるか教えて。そしたら迎えが行くから」

「アニー、だめだよ、だめなんだ」

「どうして？　ビリー、あなたのせいでおかしくなりそうよ。もうこれ以上は無理だわ」

「アニー、僕は家に戻れないいんだ。僕はひどい姿になってしまったんだよ。髪は抜け、太ってしまった。お父さんが癌で死んだ時みたいに、肉が全部垂れているんだ」

　そうか、と私は思いました。ビリーはいつでも格好よかったのです。まだそれを気にするほどのプライドがあるのだと気がつきました。

　やっと、ビリーの体のかゆみのつらさが彼のプライドを上回ったところで、計画を立てました。まずはグル・ガイがマルガリータ島へと飛び、ビリーをどうにかして空港まで来させたらグル・ガイとマイアミまでとんぼ返りし、私がマイアミに迎えに行く、という計画でした。そしてもし、ビリーが空港に姿を現さなかったら、グル・ガイが探し出すことになっていました。

他人の目に自分がどう見えているかを
心配しすぎないように！
人なんて、
自分の思いたいように物事を見るものなんだよ。
宇宙での自分の役割をきちんと演じてくれ。

9章　体験こそがこの世で一番大切なこと

……体験は自分で選んできたもの

季節が移り暖かくなり始めた頃、私はビリーの遺品をどうしようかと思い始めました。遺灰はローズウッドの箱に入れ、もう3か月も暖炉のそばに置いたままでした。

ビリーが生前、海に散骨してほしいと言っていたのを思い出した私は突然、いつもビリーがそばにいてくれるように、ビリーの骨を家から通りを挟んだ向かい側の海にまこう、と思い立ったのです。

東洋の葬儀で着る白い服に着替え、ビリーの遺灰から明るいグレーに輝く灰だけを選んで刺繍の施された赤い絹の袋に移し替えました。

ビリーの灰。中には白いかたまりのような、たぶん骨だと思われるものや、歯のブリッジの一部だったらしい金属もありました。

私は上着をはおって浜辺に行きました。空は真っ青で雲ひとつなく、風がちょうど海に向かって吹いていました。

灰の中に手を入れると、空の一部が明るくなってビリーの声が聞こえてきました。

ねえ、僕には寒すぎるよ。

「何？」と私は聞き返しました。

冷たすぎるんだ、水が。

私はどうしていいかわからなくなって、その場に立ち尽くしました。

「灰をまきに来る前に教えてくれればいいのに」

どうすればいいかを教えるよ。

僕がこの海にいるって君が感じられるように、僕の灰を少しだけ海にまいてくれ。

私が片方の手いっぱいの灰を海にまくと、ビリーが言いました。

この世界は君の真珠貝。

この世界は君の真珠貝。

君は、真珠。

そして、真珠貝。


ビリーの言葉の意味がわからずとも、私は明るい光に照らされた気分になりました。そして、家に帰ってもビリーがすぐそばにいるのを感じ、ＰＣの前に座りました。


今朝は、僕の灰の一部を海にまいてくれてありがとう。

僕は気分がよくなった。本当だよ、君が愛を込めてまいてくれたから。

生前の僕は、僕の人生は君が生まれた日に終わった、なんてよく口にしたけど、そんなふうに言って悪かったと思っている。ただ、僕はいつも悪者で、君はいつもほめられていたって言いたかっただけなんだけどね。

父さんは、君をとても愛していた。母さんが僕より君を愛していたのと、父さんのそれとはまったく違う。

人にとって家族は何より一番だし、元気の源になるものさ。僕が君をうらやましく思っていたのは、父さんも母さんも君を心から愛していたからだ。

地上では、誰が誰より優れているなんていう問題があって、そのせいで人は苦しむことになる。だけどそれは、人を不幸にするための、「マヤ」のフォース（力）、つまり幻影でできたゲームみたいなものでしかないんだ。人に幻を見せる目的のひとつに、人をみじめな気持ちにさせるってことがある。

でも、同じことを僕が今いる場所から眺めると、どんな魂にもそれぞれの美しさがあることがわかる。ただ、ある魂が他の魂より少しだけ成長しているってことはあるけど、でも、それでいいんだ。

死んだ僕にはわかるけど、いつもいい子でいて、家族のごたごたを解決しなきゃって思ってた君も大変だっただろう。確かに僕たちはめちゃくちゃだったしね。

そして、そのごたごたの中、いつも注目を集めていたのは僕だったよね？　いつだって、僕のことばかりだった。今になってやっと、それがわかったよ！

でも君は、どんなことがあっても僕を愛してくれていただろ？　僕に歩み寄り、僕に曲を書いてくれたり、僕を下から見上げて、まるで僕が君のジェームス・ディーンのように思ってくれていたんだ。

なのに、僕が君に何をしたかというと、ずっと君を無視し続けていた。まあ、それも今とな

って は全部終わったことだけど。今、その時の埋め合わせをこうしてしているってわけ。僕が君に送っている天の祝福は、君が僕に与えてくれたものよりずっと大きい。それは魂レベルの祝福だから。この瞬間に君の人生に神の祝福を吹き込んでいるけど、それにはすべてが含まれている。

僕には君が今PCの前に座って、泣いている姿が見える。君は、僕がどんな最期を迎えたかを思って泣いている。

僕は救い出されてから丸2年、依存症に苦しみ、そして死んだ。君は僕をマルガリータ島から救い出してくれたけど、本当には僕を救えなかったと思っているだろう?

僕が死ぬまでの最後の2か月間、君は僕に、「近寄らないで一人にして」と言った。

僕はね、溺れる者だったんだ。アニー、君を道連れにしようとしていた。

僕には過去の思い出なんかどうでもいいことになったけど、でも君がそうして泣いているから言うけど、僕たちの最後の喧嘩には思い出よりも大事なことが含まれていたってことを知ってほしい。

地上での出来事は、ほんの一時的なものにすぎない。

マルガリータ島で知り合ったグル・ガイと一緒に、倒れ込むようにしてマイアミのホテルにたどり着き、それから解毒をして目が覚めると、マドンナのような君が僕を見下ろしていたのを覚えている。ずっと長いこと会っていなかった妹に会え、君が僕を心配し、僕を救い出し、病院に入れてくれたりと、僕のために手を尽くしてくれて、とても幸せだった。

そして君は今、僕が君を許してくれるだろうかと思いながら、ＰＣの前で泣いている。本当に問うべき質問はきっと、「君が僕を許せるか」なのかもしれないね。

そしてアニー、許さなくてはならない人なんて誰もいない。だって、僕たちは生まれる前にどう生きるかを約束してから生まれてくるんだから。

僕たちは前世で何かいけないことをしたから、それを今つぐなわなくてはならないというふうには生きていない。本当にそんなふうにできてはいない。「目には目を、歯には歯を」と考えるカルマの公式なんてない。少なくとも僕が今いるところには。

魂のタイプ別に自分が体験することを選んでいる、といったほうがいいと思うけど、どのみち生きている間にこのことを理解する時は来ない。

そして、理解しないままに、自分が体験することこそが、人生での大事な一部なんだ。

もし、世の中の人がこの仕組みを知れば、自分の振り上げた拳（こぶし）を下ろす人も出てくるだろう。拳を振り上げなくなる、これも〝悟り〟のひとつだろう。

自分が体験することこそが、
人生での大事な一部。

10章　木も空も友情も愛も、すべて創造の奇跡の賜物

……小さな奇跡

ビリーから「真珠貝の中の真珠」の祝福を受け取ってから、私はビリーに特別な贈り物をしたいと思っていました。

次の日、ビリーの遺灰を彼が大好きだったニューヨーク・アップステートにあるキャッツキル山地にまこうと決めました。そこは亡くなる1年前、ビリーが紅葉を見に連れていってくれると約束してくれた場所でもありました。

私は、旅行用バッグに遺灰の入った赤い絹の袋を入れ、車で5時間かけて、以前泊まったホテルにチェックインしました。そのホテルは骨組がむき出しでちょっと怖気づいてしまいそうな雰囲気がありましたが、それでも外には見事な松の木や森が望めました。

昼食をとった私は、また白い服に着替え、バッグから絹の袋を出して大きな丘の上まで登りました。

丘の頂上に着くと、木陰から大きな角の雄ジカがまるで神話に出てくる森の番人のように私

をじっと見つめているのに気がつきました。少し怖くもなりながら、ゆっくりと雄ジカに近づいていって、15メートルほど手前で立ち止まりました。

「あなたの森に、ビリーの骨をまいてもいいですか？」

雄ジカに話しかけると、シカは私を攻撃することもなく森の中に逃げていきました。

これを私は、いいよ、という意味だと思い、シカが立っていたその場所で赤い絹の袋を開けると、ビリーの声が聞こえてきました。

ここじゃ寂しい。それに今は寒くないけど、冬になると凍るほど寒くなる。

「ここまで半日かけて運転してきたのに。出かける前に止めてくれればいいのに」

ビリーからの返事はありませんでしたが、丘を照らす明るい霧のように辺り一面にビリーの魂が感じられました。

ホテルに戻ると、私は持っていったビリーの遺灰をまたバッグにしまいました。

さびれた雰囲気のホテルの建物はまるで魔法のコテージのようでしたが、人々の顔は美しく輝いていました。翌日の昼までの滞在を決めた私は、午前中にビンセントという名のマッサージ師の施術を予約しました。

マルガリータ島へ逃亡する前のビリーはマッサージ師をやっていて、腕もなかなかでした。それもビリーがビリー・フィンガー（指）という名前を気に入っていた理由のひとつです。私が夜明けの薄暗い光の差した部屋で目を覚ますと、ビリーが待っていました。

僕の遺灰を聖なる山まで持ってきてくれてありがとう。
この場所には木々、空、太陽、友情、愛など創造の奇跡があちこちに詰まっている。
きっと今日、僕は君が奇跡的で美しいものの源とつながれるような小さなサインや小さな奇跡を君に起こすことができると思う。

現れたビンセントは、大柄で丸い体つきの、ブロンドの髪をバックにした20歳そこそこの人で、素晴らしい腕の持ち主だとわかりました。私にはビリーとビンセントの手の感触が似ているように思えたせいか、背中をオイルでマッサージしてもらっている間に、ビンセントにビリーの話をしました。彼に変に思われてもかまわないし、もう二度と会うこともないでしょうから。

マッサージが終わり、私が体にシーツを巻いて起き上がると、ビンセントが泣いているのに気がつきました。

「妹が数か月前に亡くなったんです。病気で急死でした。まだ20歳にもならなかったのに。ビリーの話をしてくださってありがとうございます。僕には、あなたと、あなたから聞いたビリーの話が、妹からのメッセージに思えます」

私はのけぞりました。ビリーの話を知らない人にしたのは初めてなのに、ビンセントは私を変に思わないばかりか、メッセンジャーだと言ったのですから。

「そうね」とうなずいた私は、その朝のビリーのメッセージを思い出しながら続けました。

「妹さんからのメッセージに違いないわ」

スパから小さくかび臭いホテルの部屋へと歩いて帰る間は、ビリーのせいか森も空も低い声で歌っているように聞こえました。

私がビンセントと出会ったのは、ビリーと何か関係があるはず。今日の出来事にはビンセントの妹も何か関係があったのかしら？

自宅に向かう前に、レストランでヒヨコ豆のスープを食べていると、ビンセントがやってきました。そして、私に3つの石が入った赤い小さな入れ物を差し出しました。

ビンセントは、水晶は頭に、ローズクオーツは心に、そして希少な暗赤色のシトリンは、兄弟姉妹の間に流れる血液に効果があると説明してくれました。

11章　いつでも見守っている

……証拠は続く

キャッツキル山地への旅から帰宅した私は、小説家志望の会でビンセントとの出来事を話すことにしました。「見知らぬ人にビリーの話をした経験は、つらいというよりむしろ誰かへの贈り物になったと感じている」と言った私に、テックスは「だからそう言ったでしょ」という顔をしました。

翌朝は霧が立ち込めていました。4月の終わりのにわか雨で、地面から土と草の匂いが立ちのぼる中、ビリーが現れ、けだるそうな優しい声が聞こえてきました。

スティーブに……伝えて。誘惑に……負けない……ように、と。

私はスティーブに電話をかけて、ビリーのメッセージを伝えました。

「ビリーからあなたにメッセージがあるの。『誘惑に負けないように』って。意味がわかる？」

スティーブが「わからないな……」と言った後で少し間があり、「あのさ、これから会議があって遅れそうなんだ。後でまた」と言って電話を切りました。

私は驚きました。ビリーが的確なメッセージを送らなかったのは初めてです。

ところが数時間後、スティーブが電話をかけ直してきました。

「会議中にある同僚が話をしたんだけど、話の落ちが……『誘惑に負けないようにしよう』って言葉だったんだ。それも二度も繰り返して口にしたんだ。僕は危うく椅子から落ちそうになったよ。君のお兄さんへの疑いがすっかりなくなったよ」

スティーブが電話を切ると、ビリーがさらにメッセージを送ってきました。

テックスに……バッチフラワーの……レメディには……クレマチスを使うようにと伝えて。

バッチフラワーレメディとは、感情的な苦しみを癒すホメオパシーの一種です。

私はすぐにテックスに電話をして言いました。

「バッチフラワーレメディって聞いたことがある?」

テックスは笑いながら答えました。

「あるわよ」

「どうして笑っているの？」

「後で話すわ。それで？」

「あのね、ビリーがクレマチスというレメディを使うようにってメッセージを送ってきたの」

するど、テックスは次のように答えました。

「昨日、ちょうど妹とバッチフラワーのレメディが必要だって話したばかりなの。それまでバッチフラワーなんて聞いたこともなかった。その処方をビリーが伝えてくるなんて！」

テックスと私は、ネットでクレマチスのレメディを探しました。そのレメディは現実より夢の世界に生きたいと思う人へのもので、まさにテックスにぴったり。テックスが言いました。

「ビリーは、私を見守っているよ、って伝えたいんだわ。注意しなさい、ってね」

それから20分後、ビリーは処方をもうひとつ伝えてきました。


ロラへの……レメディは……クマツヅラ。


ロラは、グル・ガイのガールフレンドで、グル・ガイもビリーがあの世からメッセージを送ってきていることを信じていたので、すぐにグル・ガイに電話でメッセージを伝えました。

数分後、グル・ガイが電話をかけ直してきました。

「今、ロラにビリーのメッセージを伝えたところなんだけど、どうだったと思う？　僕がロラに電話をしたら、ロラはちょうど健康食品店でバッチフラワーのレメディの棚を眺めていたところだったんだ。おまけにその時、ロラはクマツヅラの瓶を手に取っていたんだ」

これらのメッセージがすべて同じ日にビリーから送られてきた時には、私はまるで不思議の国に迷い込んだような気さえしました。目には見えなくても自分は現実にいるんだと、ビリーが信じさせてくれたのです。

私は黄色いレインコートをはおって車で近くの漁村まで出かけ、風雨で朽ちかけたベンチに座って海を見つめました。

私がビリーと最後に会ったのは、7月。ビリーと一緒に、今座っているこのベンチでコーヒーを飲み、ドーナツを食べたのです。その前年の夏にベネズエラから救い出された後、ビリーがフロリダから訪ねてきてくれたのです。

ドーナツ店では、ビリーが私の分も注文してくれ、私がチョコレートよりバニラアイシングのかかったものが好きなのを覚えてくれていたのに驚きました。私はビリーと一緒にうねる波を見つめ、楽しい時を過ごしたのです。

そして今、雨の中、一人でベンチに座る私には、辺り一面にビリーの存在を感じることができました。

12章　自意識を解放すると、気分がよくなる

……宇宙に溶けてひとつになる

しばらくの間、ビリーは静かでした。

それでも私は時々、ビリーが周りにいるのを感じながら日々を過ごしていました。

6月になってまた訪ねてきたビリーの声は、以前とは違っていたのです。


声がおかしいって、自分でもわかっているよ。なんていうか、酔っぱらいのような声が遠くから聞こえているようかもしれないけど、アニー、心配しないで。僕はハイになっているわけじゃない（笑）。ただ、前よりずっと遠くにいるだけなんだ。

相変わらず一人きりだけど、それもよし。でも、人生最後の頃に感じていたような孤独とは違うんだ。

君が死んだら、宇宙の中を長い時間、たった一人で探検することになる。

信じられる？　君は宇宙そのものなんだ。

でも、世間ではそうは教えられない。世の中で教えられることなんて、幻にすぎないんだよ。アニー、信じてくれ。君に必要なものはすべて、最初から君の中にちゃんとある。そして、本当の君は、自分の理解をはるかに超えたものなんだ。

人は人間の中に押し込められて生きるから、生きるのが時々つらくなる。少なくとも僕はそうだった。

僕が車にひかれてから、そう、４か月は経った？

僕はその間ずっと、人生のホログラムを見ている。自分のホログラムを見飽きることはないと思っていたけど、しばらくして僕にわかったのは、どの道を選択しようが結局は同じところにたどり着いたということさ。

結局は、今いる場所、宇宙に浮かぶことになる。僕には、地上に残してきたものを振り返るより、ただ宇宙に浮かんでいるほうがずっと魅力的だ。

僕が見ているホログラムには自動消滅機能があるらしい。だって、僕がホログラムに興味を失うにつれて、消えていってしまったんだ。ホログラムに映っていた最後の映像が消えたら、どこからともなく青白い強烈な光が垂直に降りてきた。その光は、ゆうに僕の10倍はある大きさだった。といっても、僕には体がないからおかしな話だけどね。

その光を見ていたら、電流のようにまがりくねった線で描いた人の絵を思い出したよ。すると、その光の中から僕に向かって、蛍光色に光る無数の枝のようなものが、まるで触手が伸びてくるように迫ってきた。その光はとても優しく、僕を歓迎してくれているように感じたよ。

僕も光に対して優しい気持ちにはなったんだけど、はたして何も言わないでいたほうがいいのか、それとも何かしなくてはならないのか、まったくわからなかった。たぶん、それは僕の考えることではなかったんだ。

きっと君は、どうして僕が触手の伸びてくる光に親しみを覚えるのか、不思議に思うだろうね。

でもね、誰であろうと、何であろうと、その光が放つ愛に恐怖を感じることなどないはずだ。この光は、辺りに漂う目に見えない高次元の存在のひとつに違いない。きっと僕に、高次元の存在と会う準備ができたからなんだろう。

それともこの光が高次元の存在そのものなのかもしれないけど、僕にはどちらなのかはわからない。僕にわかるのは、高次元の存在は聖なる存在から生まれたものだ、ということだ。

そして、宇宙のあらゆるところに存在する無限の光には、素晴らしい特質がすべて含まれている。完全なる知恵とでも言ったらいいかな？　もちろん、優しい慈悲の心とも言える。すべてを包み込む愛？　まさにそう。

とにかくこの光の中には、愛に満ちた光が放つ、あらゆる種類の素晴らしさがある。

まるで聖なる存在がプリズムの一点を照らし、さまざまな光線を放っているみたいな光はどれも、高次元の存在そのものというより、ひとつひとつ特徴のある光なんだ。これが、聖なる存在の正体なんだ。

とにかく、この光るものは僕に近づいてきて、青く光る触手から電流のようなエネルギーを発した。僕が電流と言ったのは、痛みを感じたからではなく、喜びが電流のように走り抜けたという意味さ。高次元の存在から伝わってきた優しさと思いやりの気持ちが僕そのものになったんだ。

僕は死んで初めて、これまでにないほど自分を愛せるようになった。たぶん、僕は魂まで変化したんだと思う。

君が地上でやる価値があること、それは自分を愛することを知る
ことだ。

僕が「自分を愛せるようになる」じゃなくて「自分を愛することを知る
」と言ったのは、「愛せるようになる」ってことはゼロから始めなくてはならないけど、本当は自分を愛する気持ちはすでに自分の中にあるからだ。

人は生まれた落ちた時に、一時的に記憶を失って自分自身の偉大さをも忘れてしまい、愛される権利を勝ち取らなくてはならないと思い込む。だけど、もともと自分の中にあるものなんだから、勝ち取る必要なんてない。

光の存在との出会い以来、僕の旅は次の段階に入った。

僕が今いる段階とは、宇宙とひとつになることなんだ。

喜びが電流のように僕を走り抜けると、僕は浮き上がり、広がり始め、やがて宇宙いっぱいまで拡がった。今や星も月も銀河も、僕の中や僕の周りにある。まるで僕の中に光の波でできた巨大なピンボールの機械があるみたいで、僕はどんどん気分がよくなっている。

宇宙とひとつになるって、言葉ではうまく表現できないけど、僕がいわゆる自意識を解放すればするほど気分がよくなる、って感じなんだ。

どんどん宇宙のエネルギーに溶け合いながら、「こうやって僕は自分という意識を失うんだなあ」とも思うけど、同時にとても気持ちがいい。なので、他のことは気にならず、ただ自分という意識を解放して溶けていく。

すると、驚いた！　それでも僕という意識があるんだよ。それも、もっと幸せな自分という意識が！　だから、僕の声が夢見るような響きをしているんだ。

宇宙とひとつになるということは、自分とはまったく違うと思って理解できなかったものを、どう理解し、いわゆる源（ソース）と呼ばれる次元へと、どうやって入っていくかということなんだ。

そして、適切な言い方かどうかはわからないけど、僕に言えるのは、すべての源はエネルギーだということ。うまい表現が見あたらないけど、物質ではない「愛」だということだ。

そうだよ、アニー、どれだけ愛し、愛することでどんなに自分が気持ちがよくなることか。君には想像もできないだろう。ほんとだよ。今の君には想像もつかない。

愛を経験した人には、愛とは語るものじゃなくただ体験するものだ、って言う人もよくいるけど、そんなことは知ったことじゃない。君に僕の声が聞こえるのはなぜかだって、誰にもわからない。ただ、死んだ後に君の姿が見えた僕に、君の抱えるつらさが全部伝わってきたから、元気を出してもらおうとずっと話しかけてきた。

僕だって、君と同じぐらい驚いているさ。そして、驚くようなことはまた起こるよ。

私にはビリーの声が聞き取りにくくなっていました。というのも、ビリーの声がまるで麻酔からゆっくり覚める時や深い眠りから覚めた人のような話し方だったからです。

けれども、ほんのかすかにしか聞こえなくなったビリーの声とともにもたらされる、うっとりするような感覚はこれまでになく強くなっていました。

私はデッキに出て、抱えてきた毛布と枕を広げました。風の吹く朝、まだ空には月が見えました。

空の上でビリーに起こっているのと同じことが、地上にいる私にも起こるの？

私もビリーのように宇宙とひとつになりたい。

雲ひとつない壮大な空を見つめていると、これまで人生で何をなすべきかに自分が迷っていたことがわかり始めました。

きっと私には、立派な人になろうとしたり、何か特別なことをする必要なんかないんだ。

きっと、すべてそのままでいいんだ。

そんなことを思っていたら、電話が鳴りました。電話は、私が瞑想の先生に使ってくださいと渡した曲のうちの2曲を世界中に向けて流す許可を求めるものでした。数年前、私は自分のCDを先生に送ったのですが、まさかこんなことが起こるなんて思いもしませんでした。

なんてこと！　ビリーのメッセージは、また的確だったのです。

すると、一気に疑問がわいてきました。

ビリーにはどうしてこれから起こることがわかるの？

ビリーにはどのくらい先まで見えるの？

私の人生すべてが見えているの？

ビリーは私の人生を変えることができるの？

ビリーの声が聞こえるのは、私のサイキック能力のひとつなの？

次々とわき上がる疑問に、地上の重力を感じなくなりました。自分が空気になったような気がしていたのです。

宇宙とひとつになるって、
言葉ではうまく表現できないけど、
僕がいわゆる自意識を解放すればするほど
気分がよくなる、って感じなんだ。

13章　痛みも病も天国まで持ち越すことはない

……なつかしい魂との遭遇

翌日の朝には不機嫌に戻った私も、今や自分の機嫌がコロコロ変わるのもむしろ喜ばしいことになりました。

ビリーがまたいつ訪ねてきてくれるのかと待ち遠しかったのですが、数日たっても何の気配もありません。

ビリーはどこかに行ってしまったの？

それとも、ビリーの声が小さすぎて、聞こえなくなってしまったの？

それから10日後の夜明け、眠っているベッドの上に高く浮かぶ楕円形の青い光が見えました。

私にはすぐにその光がビリーだとわかって集中しましたが、ビリーの声はますます物憂げな感じになっていました。

僕の声が聞こえる？

僕の声がさらに遠のいたのはわかっているけど、君が集中すれば聞き取れるはずだよ。僕の声を聞こうとすればするほど、聞こえるようになるはずだから。

僕は今、ひどく郷愁の思いに浸っている。君が死んだ後もこの郷愁の思いを感じることになるけど、生きていた頃の神経痛も関節痛も線維筋痛ももう感じない。どんな痛みも病も天国まで持ち越すことはないんだ。

ああ、僕は今「天国」って言ったね。僕は宇宙とひとつになることを楽しみながら、一人で漂っていたんだけど、そしたら何があったと思う？　僕の最初の妻、イングリッドに出くわしたんだ。

イングリッドの魂を初めて見た時、僕は言葉じゃ足りないほど喜んだ。

僕が生きていた彼女に最後に会った時、彼女は癌でモルヒネを打ちながら死にそうだった。

そしてイングリッドもまた宇宙とひとつになろうとしていて、彼女の宇宙には、太陽や月や星が女性の姿に並んでいたよ。そして、彼女の宇宙は、僕の宇宙の周りを回りながら、星でできたお尻を前後に揺らして、いかにも女性らしい愛のダンスを踊っていた。

踊っている宇宙をひと目見て、僕にはすぐそれが彼女だとわかった。きっと魂にはそれぞれの特徴があるから、魂がどんな形になっても、自分と親しい相手ならすぐに誰だかわかるんだね。

イングリッドは、いつでも魅惑的だった。そんな彼女を見ていたら、僕はすぐにでも肉体に戻りたくなってしまったよ。うっかり戻ってしまいそうだった。

イングリッドの魂は、老けてもいなければ若くもなく、まるで年なんてとらないって感じだった。イングリッドが僕に近づいてくると、彼女の宇宙の中に彼女自身のさまざまな場面や歴史が映し出されているのが見えた。イングリッドの人生の全年齢、全段階が彼女の宇宙の中にあったのさ。

イングリッドの宇宙の星のひとつには、純粋無垢なブロンドの赤ちゃんが浜辺で砂を掘っている姿が見えたし、別の星には10代のイングリッドがラスベガスの舞台で踊るのが見えた。

ああ、イングリッドって、なんて素敵な女性なんだろう！

それから、イングリッドがコカインに手を出した時の星もあり、刑務所に入れられた時の星もあった。だから彼女は意地悪になったんだね。

そして、官能的なスウェーデン人の花嫁イングリッドが大きな緑色の目で、まるで僕が彼女の世界のすべてといわんばかりに僕を見上げている、僕が大好きだった時の星も見えたよ。ものすごく短気でひどいあばずれだったイングリッドの星も見えたけど、もう宇宙に溶け込んでいて、さほどひどそうでもなかったかな（笑）。

イングリッドのさまざまな面をすべて含んで輝いている、それが彼女の魂だった。イングリッドの魂は間違いなく、これまで目にした中で最も美しかった。

彼女の中の聖なる素晴らしさを、生きている間には誰も想像だにできなかった。もし僕が生きている間にイングリッドの魂の魅惑的な美しさを知っていたら、きっと僕は圧倒され、肉体関係など持てなかったと思う。

でも今、僕は宇宙を漂いながら、宇宙とひとつになろうとしている。その僕がやらなくちゃいけないことは何もない。

もし、君にやらなくちゃいけないことがあるとして、それが誰かの魂を見つめることだったら、生きるにはそれが障害になることもある。だって、互いに互いの魂が見えてしまえば、すべての世界が止まってしまうかもしれない。

考えてもみて。君が店に買い物に出かけ、レジに座る人の魂に驚いて何時間も見つめてしまったとしたら？　もし、君が敵の魂に出くわして、恋に落ちたらどうなる？　もし、僕がイングリッドの魂を見たように、君がずっと心から愛している人の魂が見えたとしたら？　あまりに強烈で、残りの人生で何もできなくなることだってある。

君には、地上で誰かの魂が見えたらトラブルにつながることがあるってわかるよね。きっと、その出会いは大恋愛になるだろう。

イングリッドと僕は、二人とも宇宙に来て、やっとお互いの魂を見る準備ができたんだろう。

僕たちは、互いに何かを求めることもなく、ただ漂いながら光を楽しむだけなんだ。

ただ、それだけ。言葉も、愛情も、要求もなく、ただ2つの宇宙が光の中で出会った。

僕たちが宇宙なの、だって？　ネットで調べてごらん。


この前よりさらにゆっくりになったビリーの口調は、不明瞭で聞き取りにくくなっていました。ビリーは私と話をするのがだんだん難しくなってきているようです。

私が「僕たちは宇宙なのだろうか？」という疑問をネットで検索すると、天文学者カール・セーガンの動画にたどり着きました。その動画の中でカール・セーガンは、いかに私たちが「星の物質」でできているか、何十億年も前にどうやって星の物質から私たちの体に含まれる要素ができあがったのか、そして宇宙を探索したいという私たちの望みは実のところ、自分の故郷の星を探しているのだと述べていました。

ええっ！　これってビリーが言ったこととまったく同じ。

ビリーだけが宇宙の要素でできているわけではないのです。

私たちは文字通り、星からできているのです。宇宙とひとつになるというのは、詩的な表現ではなく、科学的根拠のあることだったのです。

どんな痛みも病も
天国まで持ち越すことはないんだ。

14章　地上で生きるのは、ゲームみたいなもの

……思考が拡散していく

次の日から数日間は、朝、目を覚ますとビリーの青い光が見えましたが、見えたかと思うとすぐに消えてしまうのでした。

やっと光が消えずにいたので、私が集中すると、ビリーの声が聞こえてきました。

ビリーの声はこれまで以上に聞き取りにくく、言葉も不明瞭でしたが、私がしっかり集中すると聞き取れるようになりました。

しばらくだったね？　今の僕の状態では話をすることさえ、たやすくはなくなってしまった。僕の思考はどんどんあちこちに拡散してしまって、それらを集めて話をするのが難しくなったけど、でも、君のために話をしようと思う。何でも努力は必要だよね。

僕の声が変わったからって、怖がらないで。僕はまだ僕のままだから。そう自分では思うんだけど。今、僕は笑っているけど、笑い声は聞こえる？

思考が空間のあちこちに拡散してしまった僕にとって、過去はもう重要ではなくなった。もし、僕が違う過去を生きたとしても、それは重要なこと？　もし過去が違っても、今いるところに戻ってきて、君と話をして、人生での最大の経験、「死」について語っただろうか？

僕にはわからない。今、僕に起こっているのは、喜び、楽しみなど考えられるものすべてを超えた至福の場所に移ったってことなんだ。僕が今受け取っている至福の喜びの大きさは、僕が死の直後にいた癒しの空洞の４億倍にもなる。

僕は今、自分がいるところから君に話しかけられるよう、慣れていかなくてはならないと思って、波長を以前の僕という意識に合わせようと努めている。

おお！　僕がいる次元から見ると、思い出なんて幻覚みたいなもの。まるで、ステレオから流れる交響曲みたいに思えるよ。ＰＣで検索するなら、どんな言葉がいいかな？　精密なバーチャル、とでも言ったらいいのかな？　いずれにしろ僕はもう、そうした思い出にしがみついてはいられなくなった。さまざまな思い出がやってきては通り過ぎ、とどまることもなければ、何の印象もない。死とは本当に驚くことばかりだ。

僕は一人であり、すべてでもある。そんな概念が頭にないと、説明するのも難しいね。

僕には欲しいものも必要なものもない。満足している、という言葉では足りない状態なんだ。だって、満足というのは何か足りないものがあるってことだけど、ここには足りないものなどもともとないからね。君はこの瞬間も、僕が与えている祝福のほんのさわりを受け取り、それが君の中で明るく輝いて君を癒している。

妹よ、忘れないで。地上で君が成し遂げることなんて、ほんの一部でしかない。もし僕が何か秘密を明かせるとしたら、「すべてはすでに君の中にある」ということだ。君が必要なものはすべて、君の中にある。

地上で生きるのは、一時的に立ち寄っただけ、ゲームみたいなものなんだ。星のゲームといったところかな。もし僕が君に贈り物ができるのなら、それは地上で生きるゲームの中で自由にいられる術を教えてあげられるくらいだろう。そうすれば、地上でのドラマの役割を超えて、君は自分の素晴らしさを見つけて、もっとリズミカルに、もっと豊かに、もっと大胆に、人生というゲームを踊りながらやり過ごせるだろう。


ビリーの言葉を書き取るには時間がかかり、気がつくと1時間ほど過ぎていましたが、まったく気になりませんでした。

私はそれが何であろうと、自分の星のゲームを生きる心の準備ができたのです。

その夜の7時頃、夕食の途中で珍しくビリーが現れました。

海で……僕と……会おう。


私は夕食を冷蔵庫にしまい、厚いセーターを着て、車に毛布を投げ込んで海に向かいました。

空気は優しく、星が明るく輝く空には三日月が浮かんでいました。

「どうやって星のゲームをやればいい？」


宇宙に……なる……こと。


私は持っていった毛布を砂の上に投げて、横になりました。

無限に広がる夜空を見上げると、星がダイヤモンドのように輝いていました。

やがてビリーの存在を感じたかと思うと、私はぐるぐる回りながら上へ上へと持ち上げられ、まるで自分が吸い上げられているように感じました。星の光る方向に向かってどんどん速度を増して持ち上げられていくと、自分が軽くなり、最後は空中に溶けてしまったかのようでした。

急に恐怖を感じると、砂の上に横たわる自分の体に戻ってきました。すると、これまで深刻に思えたことが、どうでもよく思えてきました。どんなことでも宇宙の壮大さに比べれば、ささいなことに感じたのです。星のゲームがどんなものか、ビリーが教えてくれたのです。

地上で生きるのは、
一時的に立ち寄っただけ、
ゲームみたいなものなんだ。

15章　他人の言うことは気にしない

……光でできた体、ヨセフという同伴者

星のゲームについてもっと知りたかったのに、ビリーは現れませんでした。

ビリーの存在もまったく感じられず、私はいつにもまして落胆の日々を過ごしていました。

そして7月の初め、テックスが本を出版することになると、小説家志望の会に時間をさけなくなってしまい、会は事実上解散しました。みんなはパーティーに行ったり、友達と夕食をとったり、海辺で楽しい時間を過ごしたりしていましたが、私は夜明けの浜辺を散歩したり、シンセサイザーで不思議な曲を作ったり、ケーブルテレビで宇宙についての番組を観たりして過ごし、外出しても人になじめずにいました。自分の世界にもちゃんと地に足がついていないし、ビリーともまったくアクセスできずにいたのです。

ビリーは完全に宇宙に溶けてしまったの？　死ねば誰もが宇宙に溶けてしまうの？

私は悲しくなりましたが、その悲しさはビリーの死を知った直後とはまた違うものでした。

ビリーが生きていた頃より私はビリーを愛している、そしてビリーも私を愛してくれている。

それなのに、一緒にいられる時間はもう終わりなの？

それから1か月ほどたった夜の海辺で、頭の上に青い光が浮かんでいるのが見えました。

その光をじっと見つめてうれしくなると、ビリーの声が聞こえてきました。それも、はっきりとした声が。


バルナバ、バルナバ、バルナバからこんにちは。こんにちは、僕のプリンセス。

君も驚くだろうけど、僕たちは本を出す許可をもらっただけじゃなく、出版するべきだということになったんだ！

僕が宇宙を漂っていたら、急に吸い込まれて体に戻った。それも今度は光でできている体だ。

宇宙とひとつになって、僕自身が星、月、銀河だった時には自分に体がないことなんて考えてもいなかった。僕は自分にないもののことなんて考えない性格みたい。それが僕だ、僕らしいことなんだ。

僕の新しい体は、肉体ではなく光が集まってできている。

それでも僕は僕だし、でもまったく違う僕でもある。宇宙とひとつになって、僕は完全に変わった。これまでは光の体を持つ準備をしていたんだ。

体が持てた今でも恍惚とした感覚はあるけど、意識はこれまでにないぐらいはっきりしている。そして、僕は聖なるローブをはおり、若かりし日のような黒いくせ毛のひげを長く伸ばしている。ここに鏡はないけど、自分の姿ははっきりわかる。

僕はビリーのままだけど、生きていた頃より自分らしいと感じるよ。悪さばかりしていた性格は、どうやら変わってしまったようだ。

生きていた頃の不品行な行動は実のところ、幻に満ちた地上で、自分にとっての真実を探し求める僕なりの方法だったんだ。反抗してきたからこそ、今この場所に来れたんだから。そう、単なる賢い奴じゃなく、一人前になれたんだ。

僕の心から至福があふれると、中から湧いてきた知恵があらゆる方向に輝きながら広がっていく。心と言ったけど、僕にはもう心がないから、心があった場所の辺りからあふれた至福の愛を振りまいているんだ。僕はただ、愛を振りまきながら鼓動している。

地上は憎しみにあふれ、それも神の名のもとにその行為がなされている。

なんてことだ！　神という名のもとの憎しみとは！

だからキリストは「弱きを助ける」と言ったのだろう。弱い者はさほど憎みもしないからだ。

僕は今、真っ青な空にいる。この空の青は、僕がこの世界に来て初めて見た青だけど、人間の想像をはるかに超えるものだ。

地上の人々はそれぞれに感じることが違うけど、この青の中では聞こえ、匂いもすれば、味も感触も伝わってくる。

僕が宇宙とひとつになる前、夜空にいた僕には記憶は水彩画のようにすけて見えた。今気づいたけど、青空の中では色が新たに加わったから、僕のいる場所にも何らかの時間が存在しているはずだ。体がなかった僕が今、体を持つようになったことからもそう言える。

ただ、ここでの時間は地上での時間や地球が回っていることとはまったく関係がなく、何かが起こって何かが変わる、というように進む。一瞬一瞬が海の潮のように押し寄せては、君も一緒に流される。次の波を待つこともなく、ただ潮に乗る。

今僕は、僕の新たな目で、とてつもなく明るいものを見上げているけど、これは太陽じゃない。僕の頭上の巨大で青白い光の球に比べれば、地上の太陽なんてちっぽけなもんだ。

できるだけ正確に描写するなら、どこからどこまでなのかが見えないぐらいとてつもなく大きく、内から光が放たれていて、放たれた光は巨大な球と同じぐらい明るい。生前も死後も含めて、僕が今まで目にしたものの中で一番素晴らしい光景だ。

その巨大な球は、今まで僕が抱えたどんな望みも真実だったし、今でも真実だし、想像よりはるかに真実だということを実感させてくれる。

そんな感覚、いや体験だ。そう、感覚というより体験を与えてくれる。

僕が今、巨大な青白い球の下に立っていると、微笑みながら男がやってくる。男とは、君と変わらない人間のような存在がやってきたという意味で、性別なんてどうでもいい。その彼もローブをまとっているけど、茶色のバーラップ（黄麻布）みたいだから驚いたよ。なにしろこの世界に来てから初めて、地上のものらしきものを目にするんだから。

そこで、きっとこの男性は、地上で生きる君に関係があるに違いないと思った。そしてローブのことなんて気にならなくなるほど、男性の顔は光り輝いている。

僕はその男を知らないけど、どこか見覚えのある気がする。どこで会ったか思い出せないけど、なぜか彼の名前がヨセフだと知っている。彼の髪は銀色で、僕より年上に思えたけど、さほどの年でもない。

彼はこれまで見たこともないほど青い目で僕を見つめながら、両手を僕のほうに伸ばしてくる。ありきたりで大げさな言い方に思うだろうけど、本当なんだ。

そのまばゆいほど、それでいて懐かしいという不思議な感覚は、まるで長い旅を終えて故郷に温かく迎えられた時のような感じ。もっとも、そんな感覚はすっかり忘れてしまっているけどね。

すべてがエネルギーで波打っているとしか表現できない。物質ではなく、エネルギーでできているんだ。

ヨセフは僕に1冊の本を手渡す。実際は本じゃないんだけど、とりあえず本ということにしておこう。ヨセフがその本を僕の手に置いたとたんに、中に書いてあることがすべて感じられる。なんと素晴らしい才能だろう。いや、才能なんて言葉じゃ足りない。

アニー、僕は一度も自分が頭がいいなんて思ったことがなかったけど、優秀と思われていた先生から、僕は馬鹿だと思い込まされていただけだったんだ。僕は馬鹿なんかじゃない。僕はただ、ありきたりのやり方になじめなかっただけ。先生たちは、人生の意味を自分で自由に見出して生きるのではなく、人生とはこういうものだと僕に教え込もうとしていたんだ。

分厚い雲にあいた穴からヨセフが下界を見下ろしていたから、僕もその穴をのぞくと、君がPCの前に座っているのが見える。そして、いずれにせよ君と僕はこうして話をすることになっていた。

わかっている。君と僕が進む旅が、君を時々怖がらせていることも。亡くなったばかりの僕が、現れたかと思うと君に話しかけ、僕のいる場所を示し、僕が本物だとわかるようなシンクロニシティを経験し続けているんだものね。確かにわけがわからなくもなるだろう。

どうしてこんなことになってしまったんだろう？　それは、起こるべくして起こったんだ。

ハリー・フーディーニという人が、死後の世界があるという証拠を求めて何年も異次元にコンタクトしていたのは知っているよね。彼は偉大な奇術師だったけど、死者と交信することも、自分の死後に生きている人と交信することも叶わなかった。

というのも彼には一番大事な点が欠けていた。異次元でのコンタクトには、メッセージのふさわしい送り手とふさわしい受け取り手、そしてこちら側の世界からの許可が必要だ。

君が人からおかしくなったと思われたくないのはわかっている。でもね、以前にも言ったけど、他人の言うことを気にしないように。これこそ人生にとって大事な秘密のひとつなんだ。他人の思う「自分」で人生を送ってはいけないよ。

君は僕とのことを小説にしてやり過ごそうとしているけど、でもね、アニー、僕はそうしないほうがいいと思う。サファイア色の真っ青な空で、本を手に持って立つのは名誉なことだ。僕はずっと本を書きたかったんだ。君も知らなかっただろう？　僕は人生の旅で得た知恵を誰かと共有し、人がスピリチュアルな世界とつながる手助けをしたいと思ってきた。でも、まさか死後に本を書くことになるなんて思いもしなかった（笑）。

それから、忘れずに今朝、君が目覚める時に僕がつぶやいた「バルナバ」という言葉をネットで検索してくれ。


私は気を失いそうになりました。何しろ初めてビリーのいる世界が一瞬見え、ビリーの着た輝くローブとヨセフの青い目の光がちらりと見えたからです。そして青白い球がほんの少しだけ見えた時に、これから先はもう悪いことなど起こるはずがないと思えたのです。

そして何より、輝くビリーの顔が見え、すべてわかる、すべてやり終えた、すべてわかっている、という目をした悪ガキの聖人が、ずっと青白い球が現れるのを待っていたかのようにそれを見上げている姿が見えたのです。

私は「バルナバ」という言葉をグーグルで検索しました。

検索して最初に出てきたのは、聖バルナバ（紀元1世紀）、本名はヨセフ。

ヨセフ！　そう思ったとたんに、私は次の検索結果へと進めなくなってしまいました。

私たちの交信内容を本にする許可が得られたというビリーの言葉や、初めてビリーの姿が見えたこと、そしてそれを証明するように、ヨセフという名の聖バルナバ。あまりのことが一度に起こり、私の頭はパンクしてしまいました。

許可が出たということは、ビリーのことを世界中に語らなくてはならない、ということ？　ビリーは、フーディーニにもできなかったことが私たちにできるのだと、私が特別だと思い込ませようとしているの？

亡くなった人との会話なんて、私が特別やりたかったことではない。反抗的なのは何も、ビリーだけではないんだから。

他人の言うことを気にしないように。
他人の思う〝自分〟で人生を送ってはいけないよ。

16章　光はいつも君の中に輝いている

……ここは影のない世界

私にはビリーがこれから先、私に直接話しかけられなくなるだろうとわかっていました。彼が宇宙とひとつになり始めてから、朝方ベッドの上に青白い光が現れても、集中しないとビリーの声が聞こえなくなっていたのです。ビリーの声は、まるで宇宙からのラジオ局のように周波数を合わせないと聞こえないのです。

私は少なくとも自分が決心するまでは、ベッドの上に現れる青白い光を無視することにしました。それから数日間は、ベッドの上の光には気づかないふりをし続けたのです。

すると、ある日の夕方、玄関から外に出ると、頭上にまるで空に浮かぶ雲のようにほぼ透明なビリーの姿が漂っているのに気がついて驚きました。白いローブを着たビリーは、手に私にくれたのとそっくりな赤い革の表紙の本を開いて読んでいました。

ビリーの姿を想像で作り出しちゃったの？　それとも、ビリーが私の注意を引こうと、新しく手に入れた体で姿を現したの？　それにしても、ビリーがこうして姿を現すのを誰が許可したの？

いずれにしろこれ以上ビリーを無視するわけにもいかなくなった私は、翌朝、青い光が見えると、ビリーの声を聞くことにしました。

やっとPCの前に座ってくれてありがとう。

昨日、雲の中に手に赤い表紙の本を持った僕の姿を見つけて、驚いただろう？　新しい体があるって、いろいろ便利だな（笑）。

さて、青白い球のことをどう説明しようか？

太陽が君の頭上6メートルぐらいのところで輝いていると想像してみてほしい。きっと大きすぎて空を覆ってしまうだろう。

青白い球は、太陽のような炎ではなく光でできていて、色も黄色ではなく白色で、中心から光を放つ瞬間にサファイア色になる。青白い球はとても強烈なので、近づけば瞬時に君の肉体は蒸発してしまうだろう。僕の新しい体はこの球の光でできているから、僕は大丈夫だけど。

地上に存在するものはすべて、この球の中から放たれた光を持っている。だから、スピリチュアルな理論でいえば、「私たちはひとつ」ということになるんだ。

それは僕が今いるところであり、単なる理論ではなく実在する。

僕には青白い光が、見渡す限りすべてのものに見える。僕にも、そして君の中にも。

青白い球の光は、君が子宮にいる時に魂を体に運んで、命を授ける目には見えない力となる。

そして機が満ちて君が死ぬと、命を与えたのと同じ光が、魂を癒しの空間へと運んでくれる。

そして、いつの日か君も僕と同じように、青白い球の放つ光でできた体を手に入れるんだ。そして、（生きている時のように）君が光を体の中に抱えるのではなく、光が君を青白い光の球の中へと運んでくれる。

君が、今僕が生きている世界、影などない場所で過ごすようになれば起こることさ。

君が今いるところでは、地球が太陽の周りを回っているから、影ができる時もある。でも、ここには影がないから、みじめに思うような人生もあり得ない。

地上では嵐の起こらない海はないし、地震のない大地もなければ、竜巻の起こらない風もない。陽が昇れば同時に闇も生まれる。真昼以外、光があるところには影もできる。

でも、ずっと真昼ってわけにはいかないだろ？　そして時には、そう、ほんのたまには影も悪くない。闇に含まれるさまざまなことも、見くびってはいけないよ。

人生はほんの一瞬だから、時間を無駄にすることがないように。瞬間、瞬間を、君の中に刻むんだ。君がいいと思ったことも、悪いと思ったことも、両方。

そして、忘れないでいてほしい。青白い光はいつでも君の中で輝いていることを。

毎日この光を思い出して栄養を与えれば、君の中の光は育っていく。人生が喜びに満ちている時にはいつでもそこに光がある。人生が困難にぶち当たっている時も、光はそこにある。

僕には、君が嫌なことが起こるのを怖がっているのがわかる。

嫌なことは起こるだろう。だって、地上だもの。僕たちは痛みを感じるのを許されているともいえるけど、その痛みとはつかの間の状態でしかない。僕は死んで、今、僕自身の細胞すべてに行き渡ったこの安らぎと愛を伝えようとしている。

影は幻でしかなく、つかの間のことだ。でも、祝福、それも究極の祝福と光は、もっと真実でもっと強力なんだ。

アニー、この秘密を君以外の誰に伝えればいい？　君以外に誰が、次元を超えて僕と一緒に旅ができる？　そして、君以外の誰が、僕の本を書いてくれる？

ここまで書き留めたところで、私の体は震えだしました。いつもはうっとりさせてくれるビリーのエネルギーが、私の中で葛藤を起こしていたのです。

ビリー、ヨセフ、そしてその他の存在が私に許可してくれていることへの心の準備が、私にはまだできていません。

でも、もし私が嫌だと言ったら、高次元の世界が望むことを拒んだことになるの？

そうしたら、結果的にどうなるの？

私は外に出て空にビリーの姿を探しましたが、もうどこにもいませんでした。そして、ビリーに声に出して話しかけたことはほとんどなかったのに、大声で叫びました。

「ごめんね、ビリー。私にはできない。あなたと一緒に本を出したくなんてないわ。だって怖いもの。なぜだかわからないけど、あなたの本が出版されると考えただけで怖くなるのよ。もし、人が死後の世界を知ってもいいのなら、いまだになぜこんなに謎に包まれたままなの？　私は、あなたの声を聞きたい、耳を傾けたいと今でも思っているけど、本を書くなんて無理。だからといって、私のところに来るのをやめないで」

忘れないでほしい。
青白い光はいつでも君の中で輝いていることを。

17章　見方を変えると、それは本当に変化する

……永遠の存在

翌朝、目を覚ますとすぐ、青白い光を天井にくまなく探しましたが、見当たりませんでした。

その明くる日の朝も、その次の日も、また次の日も探しましたが、何の気配もありません。

私は夜明けにＰＣの前に座って、ビリーからのメッセージがこないかと、窓から空を見つめ続けました。

すると、１週間も過ぎた頃でしょうか、ビリーがまた、あの悪ガキ天使の姿で空に現れたのです。パーティーグッズ店で売っているような、きらきら光るおもちゃの後光を背に負い、頭を少し傾けて、聖人のような表情をわざとらしく浮かべて座っていました。

そして、ビリーは時々手にした赤い表紙のノートを見ては、面白いことが書かれている、と驚いたような表情を浮かべるのですが、その様子はビリーが生前、いたずらをしていた時と変わりませんでした。

私には自分が目にしているものが現実かどうかわからなかったのですが、それでもビリーが

来てくれてとてもうれしくなりました。

それから数日間は、私が外に出るとビリーが悪ガキ天使の姿でひょっこり現れるようになりました。町を歩いている時、知人と話をしている時、車にガソリンを入れている時、そんな時に下手な演技で現れるのです。私が人と一緒にいる時にもビリーは姿を現しましたが、見えるのはどうやら私だけのようでした。

ビリーが訪ねてきていることは、私とビリーの秘密だったのです。

そうして3、4日たった頃、私が目を覚ますと、ベッドの上に青白い光が見えたので、すぐにＰＣを起動させました。


君が僕との交信を世に出すのをためらっているのは、人に茶化されたくないからだって、わかっているよ。それについては感謝している。

だけどね、アニー、僕たちには本当に守らなくてはならないものなんてあるのかな？

僕たちは話をしているだけなんだから、それを信じるかどうかはその人にまかせたらどう？

僕たちの会話を本当だと信じる人もいるだろうし、「ひょっとしたら本当かも」程度にしか思わない人もいるだろう。でも、その「ひょっとしたら」は「そんなことあり得ない」というのよりはかなりの前進だよ。

地上にいる人間もまた永遠の存在なんだけど、それをみんなまだ知らない。いや、ひょっとしたら自分は永遠だって信じていても、でも本当のところはまだ知らないんだよ。

自分たちが永遠の存在だと知ることは、人間にとっては重すぎるんだ。永遠の存在なんて頭では理解できないし、想像しようとしても実感がないから、「うん、自分が永遠の存在だったら素晴らしいから、たぶん本当ってことにしておこう」くらいにしか思わず、結局のところ理解できないからと、この事実を拒否してしまう。

でもね、頭で永遠を理解するのは無理。理解するのは頭じゃなくて、もっと大きなものだ。例えば、アニー、君だって、僕とこうして交信した経験を経てもなお、全部を信じ切っているわけじゃないだろ？　どうして？　なぜなら、君の俗物的感覚がわき上がって、異次元にいる僕が君に話しかけることなどあり得ないと思うからだ。

アニー、これは本を書く以上に大事なことだ。僕は、君や他の人々の意識の世界を広げる手伝いをしたいだけなんだ。

量子的な飛躍をしようよ！

量子的な飛躍ってわかる？　そうだね、ビリーの量子的飛躍を次のように説明してみよう。

簡単に言えば量子にはいくつかの段階があって、2つの地点の最短距離、つまり、ここから君がいるところまでの最短距離は直線でつなぐ距離だと思うだろう。でも、それは違うんだな。

だって、君はすでにどちらの地点にも存在しているんだから。

常識的には、人は2つの地点に同時には存在できないとされているけど、それは間違いだ。君が行きたいと思ったその場所に、君はもうすでにいるんだよ。そして、君が行きたくないと思った場所にも君はいることになる（笑）。量子的な概念に必要なのは、君の行きたいところにフォーカスすることだ。量子的飛躍っていうのは、とらえ方を変えればすごい力が発揮できる、ってことなんだ。

君が何かに対する見方を変えれば、それが本当に変化するんだ。

君の大好きな「シュレーディンガーの猫（量子力学の問題点をつく思考実験）」だって、量子の世界の話だったよね？「シュレーディンガーの猫」って、君の好きな言葉で表現すれば、誰がどう観察するかで観察対象が変化すると仮定できることになる。

僕たちの父さんは猫が好きじゃなかったし、何の関心もなかった。父さんが猫を見かけても、それはただの長くて鋭い爪をした意地悪な生き物にしか見えない。でも、君が猫を見たら、天にも昇る心地になる。この違いって、猫そのものにあるの？

量子って、普通は原子を説明するのに使う言葉で、人間には使わない。でも、人間は本当は壮大な宇宙の原子と同じなんだ。とらえ方が変わると、量子はそれまでとは違う振る舞いをして、違う現実へと飛ぶ。だからこそ、僕は物の見方がすべてだと君に伝えたい。

「すべて」は言い過ぎかな。けれど、物の見方の違いが大きな違いを生む。

僕は少しでも君の恐怖心がなくなってPCの前にまた座ってくれるように、何日も天使のふりをして空に立ってきた。僕にとっては数日も永遠と同じ、そう、永遠について考えてみて。大丈夫だよ、アニー。地上で永遠に生き続ける話をしているわけじゃないから（笑）。

僕の言う永遠は、地上で永遠に生きることとは違う。もし君が量子的飛躍をしたければ、僕の世界と君のいる世界をつなぐ橋を作るんだ。今がチャンスなんだよ。君の物事へのとらえ方、観点の変化を本に書くという旅を、僕と一緒に果たそうよ。

もし君が、君の頭の中の世界から抜け出して、僕の祝福に満ちた世界の次元に住めたら、そしてもし、君はそのさわりをすでに時々体験してるけど、僕と一緒にダンスを踊るように体験できたら、もっと想像もできない重要な体験をすることになる。

さあ、僕の世界に、足先だけじゃなくて足首まで、それから膝まで、そして太ももまで、腰まで、少しずつ少しずつ聖なるエッセンスの入った海へと浸かってくれ。

ビリーは生前もこんなふうで、ユーモアを交えては自分の魅力を生かし、やりたいようにやっていました。ビリーがふざけて天使のマネをして出てきてくれたおかげで、本を書くのは思っているほど怖いことではないのかもしれないと思い始めていました。悪ガキの天使が空に浮かびながら、「それがどうした？　大したことじゃないさ！　大丈夫。こっちに来て遊ぼうよ」と言うなんて、まさにビリーらしいやり方です。

ビリーが亡くなってから、私はどんどん孤独になっていました。いつも留守番電話にしておいて、ビリーを知る友人からの電話にしか出ませんでした。それ以外の人と会えば正常でないのにどう振る舞えばいいかわからないと、理由をつけては人と会うのを避けてきました。

私の宇宙は広がったでしょうが、現実の世界は確実に小さくなっていきました。私はビリーの秘密の中で、脱皮の時期を迎えていたのです。

私がビリーの言葉を書き取ると、最後にビリーは私を海に誘いました。もはやビリーの声も姿もはっきりわかるようになった私に、ビリーの誘いは町の友人からの誘いと同じでした。

暖かく、風の強い日でした。私は何年も着なかった水着を着て、水辺へと歩いていきました。

波打ち際に立つと、空にあのビリーが、間違いなくビリーが現れました。また天使のふりをして、白いローブを着て輝いていました。その姿は透明に近く見えにくかったのですが、私の上に手をかざして祝福を与えてくれました。彼はこう繰り返していました。

世界は君の真珠貝。世界は君の真珠貝。
君が真珠。そして真珠貝。

サングラスをかけていてもまぶしいほど、辺り一面に銀色に輝く光が見えて、ビリーが私に祝福を与え終わる頃には目がくらみました。

私は目を半分閉じたまま、小石の散らばる波間を慎重に歩いて、静かで温かい水に浸かりました。海面に仰向けに浮かんだ私は目を閉じてそっと「私は真珠貝の中の真珠」と唱えました。

帰宅すると、郵便受けに届いていた雑誌を開きました。

最初のページには、金色のガウンを着た女性がオイスターバー（牡蠣専門のレストラン）のドアをぴしゃりと閉めている写真が目に入りました。レストランの床には、牡蠣の殻がたくさん散らばっています。そして、写真の中の女性は、指でつかんだものをじっと見つめていました。私が目を凝らしてよく見ると、それは輝く大きな真珠だったのです。

何かに対する見方を変えれば、
それが本当に変化するんだ。

18章　困難や孤独は宇宙とひとつになる準備

……死後の世界にもいろいろある

ビリーが「真珠貝の中の真珠」を歌って祝福を授けてくれた翌日、ひどい二日酔いでもあるかのように目を覚ましました。

ビリーのいる世界からのエネルギーが強いことに、私は恐怖を感じるようになりました。といっても、そのエネルギー自体ではなく、ビリーのいる世界に接した後に落ち込む自分が怖くなったのです。

臨死体験をした人がよく、あの世ではあまりに気分がいいので、この世に戻ってきたくなくなったと語ることがありますが、私の場合も、ビリーが訪ねてくると、高次のエネルギーに包まれるものの、話し終えれば私は地上に戻ってこなければなりません。ビリーは祝福の光を放っているのに、私は風邪をひいてしまうのです。ビリーは聖なるローブをまとっているのに、私は洗濯をしなくてはなりません。ビリーは宇宙とひとつになって空中に浮かんでいるのに、私といえば渋滞にはまってしまいます。こんなふうに私はいつも気分が落ち着かなくなってしまうのでした。

時がたっても、私には人生で何をなすべきかがまったく見えてこないのに、時の存在しない世界にいるビリーには次に何をなすべきかを考える必要もありません。

すると、ビリーが私に何をするべきかを教えてくれました。

僕の世界が君に与える影響が強くなればなるほど、君は何かよくないことが起こるのではないかと怖がっているけど、大丈夫だよ。僕の世界の光が害をなすことなどないんだよ、アニー。実は世界といってもいくつもあって、死後の世界にもいろいろな形がある。自分が行く場所、自分が出会う人、そしてどこで出会うのかは、人それぞれなんだ。

僕らの父さんが亡くなった時には、癒しの空洞を通り抜けた後、僕みたいに宇宙に浮かんだりすることはなかった。父さんは旅の途中、宇宙エレベーターといわれるところに立ち寄り、人が天国だと想像しているのにそっくりな場所に降り立ったんだ。仮にこの場所を「上の世界」と呼んでおこう。

上の世界は、亡くなった人にはとても優しい場所で、亡くなって間もない人の魂が休めるようになっている。この世界ではまず、死の恐怖、体がなくなってしまった恐怖、罰せられるのではないかという恐怖など、いろいろな恐怖を解き放つのが目的のひとつだ。何より亡くなって間もない人は、地上で自分が愛した人との再会を心から望む。上の世界は、自分の会いたい人と会える場所なんだよ。

父さんは、死への恐怖はなかったけど、自分より先に亡くなった両親や3人の兄弟に会うのを楽しみにしていた。父さんは亡くなる前の数か月間、ガンがどんどん広がって痛みがひどいなか、君に、「自分のそばに両親がいる」と話していただろう？　父さんが見た両親は、君にとっての僕と同じく、父さんにとっては現実だったんだ。

父さんは亡くなると、思い描いていた通りに両親と兄弟との再会を果たした。人が亡くなって、大好きだったパートナーや両親、友人、ペットと再会すると、地上にいた時より愛おしく感じるものなんだ。

僕が理想を語っていると思うかもしれないが、その場所では理想通りに事が起こる。だって、上の世界は人間の理想通りにできあがっているんだから。

だけど、上の世界に行かないと亡くした人には出会えないかというと、そうでもない。わかるだろ？　君は死んだ後、いくつもの場所に同時に存在することができるんだから。

例えば、僕は上の世界には行かなかったけど、僕らの母さんが亡くなったら、僕は上の世界を訪ねて、僕は母さんが常に望んでいた愛をささげることができるんだ。高い次元の世界にいる僕は、僕のいる場所より低いところにならどこにだって行けるから、僕は上の世界に行って、母さんには会える。

　こんなふうに世界を行き来するのは、君の想像ほど難しくはない。僕は君がいる世界から何百光年離れたところにいても、こうして君のもとに来ているだろう？

　上の世界は、愛する人たちと再会できるだけでなく、死んだらこうなるとその人が思っていた通りのことが起こる場所でもある。こうなるはずという信念は巻かれたリボンみたいなもので、リボンがほどけて、自分が信じていたことが繰り広げられていくにつれ、信念も薄れていく。まずは天使がいて、真珠でできた入り口を入り、ハープの音が流れる中に……と自分で思い描いていた死後の世界が次々と繰り広げられる。そして、新しい環境に慣れてくると、やがて思い込んでいた死後の世界のイメージから解放される。

　信念って、まるでおもちゃのようなものさ。大人になると、おもちゃの魅力は薄れて、おもちゃは見捨てられてしまうものなんだ。地上では信念は重要なものだし、人は集めるように何かを信じようとするけど、信念の中には役に立つものもあれば、ただ人が決めたルールを信じ込んでいるだけという場合もある。そんな信念は、あまり意味がないんだけど。

　だから、自分が信じていることは時々立ち止まって整理し、自分にとって役に立たないものは捨てるようにするのもいい考えだ。

　亡くなった人は最終的には上の世界を去り、宇宙に映し出されるホログラムを眺めることになるけど、生きていた頃と同じ善悪のとらえ方で見ることはなくなる。その頃には、人間として抱えていた生前の概念を捨て去り、自分の人生を聖なる視点でとらえるようになる。

人は生きている間には、自分の人生の素晴らしさを十分に感じられないのが普通だ。さまざまな考えにとらわれて、人生という奇跡が見えなくなっている。

僕にとって死は怖いものではなかったし、死ぬ頃には特に会いたい人もいなかった。それに大した信念みたいなものも残っていなかった。地上での最後の数年間で、神様への気持ちと、死後に何か大事なことが待っているという感覚以外はすっかりなくなってしまっていたんだ。

僕は、上の世界を飛び越えてしまったらしい。

上の世界も心地いい場所なんだけど、僕がたどり着いた場所ほど祝福に満ちたところはない。普通は、僕が受けた祝福を受けるには準備が必要なものなんだが、僕に準備させてくれる人もいなかったし、すでに今いる場所にたどり着く準備が僕にはできていた。

僕が生前、どうしてあんな生き方を選んだかは、人間の理解を超えている。

どうして僕みたいな生き方を選ぶ人がいるんだろう、だって？　それはね、薬物依存症の人生が僕にとっては最も興味深い生き方のひとつだったからさ。あれは僕が経験すべき大事な苦しみだったんだ。そして、人生に負ける経験こそ、僕にとっての勝利に等しかった。

僕だってそんなことは生きている時にはまったくわからなかったけど、地上での悲惨な出来事があってこそ、今いる場所へと向かう準備が整うことになった。

ホログラムで自分の人生を振り返った後、宇宙とひとつになる人ばかりじゃない。でも、心配しなくていい、それはそれでいいんだ。

僕のいる場所は地上とは違い、自分の行きたい場所じゃないところに向かう人なんて誰もいない。だから輪廻転生して地上に戻る魂もいれば、死後の世界にとどまって宇宙とひとつになる準備をする魂もいる。きちんと準備できていないと、宇宙とひとつになるなんて耐えられないんだよ。

僕は生活が立ちゆかなくなるほど薬に溺れた。でも、それが宇宙とひとつになるための準備だったなんて誰に思えただろう？　だから、君も含めて、誰も他人の人生を評価なんかできない。時に君に困難が訪れたり、一人ぼっちになったりすることがあるかもしれないけど、それは宇宙とひとつになる準備なんだよ。

僕は、人に僕と同じ道をたどったほうがいいなんて言うつもりは、さらさらない。でも、君は他の誰の目でもなく、自分の目で物事をちゃんと見つめるべきだと思う。チャンスをつかんで、そして夢に向かって突き進んでほしい。

たぶん、僕の話を書き留めたことで、もっとたくさんの世界があることや、これから先の自分に無限の可能性があることが君にも少し見えてきただろう。君も少しずつ、自分が永遠の存在だということを受け入れ始めているだろう。

物事が思うように進まないこともあるだろうけど、でもそれは、自分が思っている以上に大きく素晴らしい存在だからこそ起こることなのかもしれないんだ。


ビリーの言葉を書き留めてから、私は朝の海へと車を走らせました。

真っ青な空に小さな雲がぽつんと浮かぶ真夏の朝の、なんと素晴らしいこと。海辺を散歩しながら、そよ風が頭上をよぎった時に、私は初めてビリーを試すようなお願い事をしました。

「今ここで、何かサインをちょうだい」

その時、砂浜の向こうから、子どもの頃に父からプレゼントされた愛犬のミッジーとそっくりな犬が、まるで旧友に出会ったかのように尻尾を振って走ってきました。

その犬はミッジーとうりふたつで、大きさも同じぐらいなら、はちみつ色とブロンドの混じった毛色で、白いふさふさなまつ毛をしたフォックステリアとビーグルのミックスでした。

かがみ込んだ私の顔を、その犬はぺろぺろなめました。飼い主が現れなかったら、そのまま連れて帰るところでした。そう、私はビリーからサインを受け取ったのです。

家に戻った私は、ベンツのディーラーに4回目の電話をかけて、ビリーが車に残した遺品をすぐに送ってくれるよう約束を取りつけました。もうじっとしてはいられなかったのです。

誰も他人の人生を評価したりなんかできない。
時に君に困難が訪れたり、
一人ぼっちになったりすることがあるかもしれないけど
それは宇宙とひとつになる準備なんだよ。

19章　無限をイメージすれば、可能性は無限になる

……痛みと人生の大事な関係

雷を伴う夏の嵐のせいで、私は真夜中に目が覚めてしまいました。

風が木に吹きつけ、まるでビリーが亡くなった直後のような荒れ模様でした。

私は寝つかれず、ビリーの死からどれだけ人生が変わってしまったかを考えていました。今となっては異次元の存在も信じられるようになり、生と死、宇宙、自分自身のことなどすべてをビリーが亡くなる前と同じようには考えられなくなってしまいました。

すると、風の中からビリーの声が聞こえてきました。


こんにちは、愛しているよ。


この世は君の真珠貝。この世は君の真珠貝。

そして、貝の殻の中にはたくさんの真珠が。

真珠のような知恵をすべての生き物に与えれば、
僕が君の馬車に17頭の白い馬を
見事な馬をつなごう。
黄金で飾った馬を。

僕が初めて君に「この世は真珠貝」だと告げた時も、とっても素敵な響きがしただろう？ やがて、真珠は君のもとにやってくるし、そうなれば、もっと楽な道を生きていけるようになるだろう。

でも、真珠の貝殻と真珠のストーリーは、見た目よりかなり複雑なんだ。貝殻の中に砂が入ることで真珠ができる。それは「痛みを伴う」ってことなんだ。

世界が私の貝殻ですって？　貝殻の中には痛みがたくさん必要なの？
それのどこが祝福？

痛みを伴うのは、何も君のせいじゃない。ほら、見栄を張って生きるのは、貝殻の中に砂が入るより簡単に思えるものね（笑）。僕の場合の真珠ができるまでの話をしよう。

そう、痛みは決して気持ちいいものではないけど、痛みがなければ真珠もできない。だからね、痛みだけを気にしすぎないように。砂が入ってきても、できるだけ緊張しないように。貝の中に入ってきた砂も、うまく工夫すれば素晴らしい宝が手に入るんだから。

真珠ができるには、君の周りにあるたくさんの痛みから君を守る殻が必要だ。君の殻がしっかりしていれば、自分の殻の中に入れるべき砂粒がわかる。つまりは、どの砂粒が真珠を生むか、どの砂粒が君にとって耐える価値のない痛みかがわかるんだ。

君が素晴らしい殻を持つ貝殻になりたければ、豊かな人生を歩むことさ。そうすれば、砂のことなんか気にならなくなる。

「あら、また砂が入っていたわ。海のものって一口で食べようとすると、いつも砂が入っているんだから。吐き出して、残りも気にしないで食べよう」と思えるようになるよ。

どうして、貝殻の中に入った砂を心配しすぎなくていいかって？

最近、自分の殻の中をのぞいてみたことがあるかい？

殻の中はやわらかくて栄養分がたっぷり、だけどまだ何もできあがってない。貝殻の中って、君の創造力の輝く真珠を生み出す研究室みたいな場所なのさ。

頭のいい人は研究室で働いているだろ？　そう、宇宙とひとつになった君の研究室は、宇宙の知恵で動いているんだよ。そして、木が育つよう、鳥が空を飛べるよう、海に波が起こるよう、新しい星が生まれるようにするのと同じ宇宙の知恵が、君が呼吸をし、心臓が鼓動を打ち、傷が治る時にも働いている。

君が宇宙とひとつだって、どうしてわかるか、って？

だって、僕は最も小さい量子になったけど、同時に宇宙空間に存在する銀河と同じぐらいの大きさにもなった。僕はずっと、今の僕のようになりたいと思っていた。理由なんてわからないけど、誰だって僕と同じように思っている。

宇宙の写真を見て、それから目を閉じて、宇宙に浮かぶ星、雲、彗星、銀河が自分の中にも周りにもあると想像してごらん。無限の空間に自分の意識を向けると、太陽や月、星に比べれば、自分の抱える痛みなんてちっぽけに思えてくる。自分が無限の存在だとイメージして、自分の中にある無限の可能性に触れるのさ。

その朝、私がメールを開くと、グル・ガイからのメールにハッブル宇宙望遠鏡が撮影した写真のリンクが添えられていました。息を飲むほど素晴らしい宇宙の光景が、私のＰＣ画面に広がりました。

銀河の周りを囲むキャッツアイ星雲、これから生まれようとしている星など、ビリーが言った宇宙の写真が、わざわざ探すまでもなく目の前に、ぴったりのタイミングで現れたのです。

翌朝早く、ビリーが亡くなってから毎週訪ねることにしているブルックリンに住む母のもとへと、車で3時間かけて向かいました。その途中、ビリーが何かいいことが起こると教えてくれたので、私はうれしくなりました。80歳になって弱ってきた母の面倒をみていると、心が痛むことが多いのです。

ビリーが死んで最初の1か月間ほどは、母は一日中泣きっぱなしでした。母が緊張型分裂病だとわかるまで、医師から無理に抗うつ剤を飲まされたせいで、ローブを着たままアパートの周りをうろついたり、髪を整えることも化粧をすることも爪をきれいにすることもなくなってしまいました。母は急に老人のような行動をとるようになってしまったのです。

やがて母は死についての本をたくさん読み始めました。私が訪ねた日、母は「読んでいた本に『悪い』ことをした罰で魂を失う人がいると書いてあったわ」と言いました。

母は私の腕の中で泣きながら言いました。

「私の子、ビリーはどこにいるの？　ビリーの魂はなくなってしまったの？」

「いや、お母さん。ビリーの魂は大丈夫よ。ビリーの魂が大丈夫だってお母さんにわかるようにしたいんだけど」

私が言うと、母が言いました。

「私、こんなにもビリーを愛していただなんて、自分でも気づかなかったわ。ずっとビリーよりあなたを愛しているって思っていたけど、違った。ビリーもあなたと同じぐらい愛していたの。なのに、もうビリーはそれを知ることもないのね」

「心配しないで、お母さん。もうすぐビリーに会えるわ。そしたら伝えたいことを伝えればいいじゃない」

私の言葉に母は微笑みました。

私は母の髪に櫛を入れ、顔にクリームを塗って口紅を差し、服を着せて言いました。

「さあ、いい天気だから、川まで散歩に行きましょう」

私たちが腕を組んで散歩道を歩いていると、日差しがハドソン川の川面に反射して輝いていました。

「お母さん、知りたいことがあるの。私の人生は、まだまだ謎だらけだわ。お母さんは長く生きて、たくさんのことを学んだでしょ？　私にはどんな知恵が必要だと思う？」

私が母に質問したのは、母が自分の賢さを思い出す手助けをしたかったからでした。すると母が答えました。

「面白いわ。だって、私はあなたがその質問をするってわかっていたし、どう自分が答えるかもわかっているの。私が今読んでいる本に、中国の母と娘の話が出てくるんだけど、『バラバラになった真珠』ってタイトルだったと思うわ。アメリカに旅立とうとしている娘に、母親が言うの。『人生でどんなトラブルが起こっても、貝殻の中の砂だと思いなさい』って。やがてそれが真珠を美しく輝かせるんだから、って。これがあなたに伝えたいことよ。つらいことも引き受けて、美しい真珠になってちょうだいね」

私は笑って、母に言いました。

「お母さん、信じられないでしょうけど、アパートに置いてきた見せたいものがあるの」

私は母に何度も、ビリーが私のところにやってくる話をしましたが、母は私が書き留めたビリーの言葉を読みたがりませんでした。きっと母は、ビリーのいる幻の世界に私が住んでいる、ビリーの死というつらい現実を私が受けとめられずにいる、と思ったのでしょう。それはそれでわかりますが、でも今、現実を母に受けとめてもらう準備ができたと思えたのです。

アパートに戻った私は母に、ビリーの言葉を書き留めた貝殻と真珠の話を読んで聞かせました。母は眉間にしわを寄せて、しばらく黙ったままでしたが、突然笑い始めました。

「わかった、わかった、『ビリーがあなたに話しかけるのね』なんて、これまで冗談交じりにあなたの話を聞いていたけど、こうなったら信じるしかないわね」

母はターコイズでできた宝石箱を開いて、私に小さなピンク色の真珠のネックレスを手渡して言いました。

「私がいらなくなるまで待たなくていいわ。だって、あなたがこの真珠を身に着けるところを見られないしね」

この時を境に、母の精神状態はかなり改善しました。母もまた時々ビリーが近くにやってきて、母を癒したり元気にしたりしてくれていると信じるようになったのです。

母は言いました。

「ビリーを失ったのは、私の人生で比べようもないほどつらいことだったけど、ビリーのことがわかったし、自分がビリーを愛していたことに気がつけてよかった。間違いなくね」

自分が無限の存在だとイメージする時、
自分の中にある無限の可能性に触れるのさ。

20章　無償の愛は、受け入れられるかどうかとは無関係
……間違いも経験すべきこと

8月中旬、夜明け前のまだみんなが眠る頃……ビリーの声がしました。

なんて素敵な日！　赤い表紙のノートを持って浜辺に出かけて、僕と会わない？

私が浜辺に着いた頃には、ピンクとオレンジの光が縞模様を描く空に、ビリーの着る白いローブと光が見えました。

君がいる場所は天気がいいね、アニー。僕がいる場所も毎日天気がいいよ。とはいっても、ここには昼もなければ、夜もないんだけど。

でも、昼や夜がなくてもちっとも寂しくない。心残りなことなんて僕にはひとつもないから。死んで一番助かったのは、外見を気にしなくてよくなったことだ。ここでは自分が思う通り

の姿でいられるんだから、素晴らしいよ。気取る必要もないし、どんな姿にだってすぐなれる。僕はただ光を放っていればいいだけで、それには何の努力もいらない。

光でできている僕には、内臓も血液なんてものもないから、膝が痛くなることも肝臓が悪くなることも、薬物依存症になることも太ることもない。光でできた自分の体以外には、帰る「家」もない。

時には、光でできた体を離れて、宇宙に戻ってひとつになる。ただ宇宙のエネルギーの中に身をゆだねるんだ。人間でいえば、眠るのに少し似ているかもしれない。自分を解放するという意味では同じかな。

でも、宇宙に溶けるのは眠るのとは比較にならない。だって、宇宙に溶けるとこの上ないほど心地いいけど、眠りはよく眠れたり眠れなかったりするから。

地上では、昼と夜、眠るのと目覚めている時、生と死が必要だし、今日難しく思えることも明日には少しよくなっているかもしれないという希望が必要だ。自分で一日を台無しにすることもあれば、台無しの一日を送らされても、眠って目が覚めたらリセットして、また一日を始められる気がするからね。

死も眠りがもたらすリセットのようなものだ。普通は、死から何かが始まるなんて思いもしないだろうけど、本当だ。どんな間違いをしたって、今現在の君にとってはさしたる問題じゃない。人生にはまたチャンスが訪れるから、もう一度違うやり方で挑戦すればいいだけだ。心配しないで。間違っても大丈夫。それも人生で経験すべきことに含まれているから。

君が死んだら逆に、すべてのものがもっと生き生きとしてくる。

例えば、青白い球の下で出会った目がくらむほどの銀髪をしたヨセフは、僕に「人生の本」を託したけど、「本」と僕が呼ぶものだって、中にはページもなければ文字も書かれていない。僕が「本」って呼ぶものは、光り揺らめく虹みたいだ。中にはいろいろな情報が詰まっているから「本」って呼んでいるけど、情報を集めた感じがよく出ているだろう?

どの魂も、地上に降りる前に、それぞれの「人生の本」を書いてから生まれる。けれどもその地上での人生には、君に変化をもたらすような出来事が書かれている。人生の変化を恐れる人は多いけど、実際のところ人生が変化するっていうのは、「人生」というケーキに砂糖が2倍かかるようなものだって思えば、面白くないかい?

それに人生はある程度は計画通りに進むって言ったけど、その計画から外れない限り、たくさんの自由がある。自分の周りの環境は子どもの塗り絵みたいなもので、あらかじめ線で絵が描かれているけど、その線は消すことだってできる。空白に色をつけて、線を変えることだってできるんだから。

「人生の本」を読む時には、ホログラムを見るのとは違って分析はしない。そう、ヨセフと僕は、僕が人生をどんな色で塗っていったかを見つめているだけだ。

ヨセフは一見、人間の姿をした光の存在だけど、僕が少し前に話した「より高い次元の存在」とも違うんだ。僕が感じたところでは、彼は「より高い次元の存在」の博愛の傘の下で働いている感じがする。ヨセフって、今まで見たどんな俳優よりずっとカッコイイし、その顔には経験の豊かさと優しさが刻まれている。それに、彼が深刻な態度を示すことなど決してないし、いつも心軽やかで、それでいて賢い。

ここにいる誰もがヨセフのようなのかどうかは、僕にはわからない。何しろ彼以外の存在に出会ったことがないからね。

でも、これだけははっきり言えるけど、ヨセフの視点は僕からすれば完璧だよ。ヨセフは僕よりずっと知恵があるけど、ルールを押しつけたり、頼みもしないアドバイスをしたりすることはない。彼は決して僕を支配しようとしたりしない。それは素晴らしいことだと思う。

だって、地上にいる時にはみな、人に影響されすぎて、自分の人生を思うように生きていないんだもの。死んでからやっと自分の人生を生きるようになるんだ。

ヨセフが具体的には何をしているかだって？　ヨセフが僕にとって最も素晴らしいのは、僕を無条件に愛してくれているってことだ。

地上でも無条件の愛について語られることがあっても、そのパワーがどれほどのものかは実際に自分が無条件に愛されてみるまでわからない。無条件に愛するって、愛する相手が自分を受け入れてくれるかどうかは関係ないんだ。

だって、受け入れられるかどうか考えるってことは、君が僕のある部分が好きでも、君以外の誰かは僕のその部分をまったく受け入れられないってことだもの。

ヨセフには、僕のすべてが素晴らしいらしい。すごいよね！

僕は生前、自分で選んだ場所で実際に失敗など何ひとつしていない。もちろん、たやすい環境ではなかったけどね。僕の人生のほとんどは、僕の新たな役割、つまり君と一緒に本を書くための準備に費やされていたんだ。

人々のイライラ、落胆、恐れ、望み、そして偉大さを実体験しないと、人を助けることはできない。実際に同じ立場に立って経験してみないと、本当にはわからないものなんだ。だから、僕は人生でそれこそいろいろな立場を経験してみた。ジャンキー、哲学者、ヒーラー、悪党、慈善家、悪人、そして僕の一番のお気に入りの悪ガキ天使の役。僕は自分が聖人だったなんて言うつもりはさらさらないけど、自分の思ったように自由に、時には法に反することまでやりながら、僕の心と魂はいつも素晴らしいものを探し求めていた。人助けは、ずっと大好きだったよ。

僕は高校を卒業しなかったけど、話し上手だったし、いつでも真摯だった。僕は自分に与えられた才能を、いつでも目いっぱい使っていたんだ。

僕が10代の子どものための薬物依存症回復施設を開いた時のことを覚えている？

僕は、施設にいた子みんなを愛していたし、彼らもそれを知っていた。それから、弁護士みたいな仕事がもっとしたくて、薬物犯で逮捕された人を助けるためにニューヨーク市の裁判所で交渉役として働いた。裁判に出かけては、罪を犯した人を刑務所ではなく施設に入れてほしいと陳情したものさ。まあ、それも自分が刑務所に入るまでのことだったけど（笑）。

君にまかせた僕の「人生の本」にこんな経験を織り混ぜることができて、誇りに思うよ。

君もわかっているだろうけど、僕は今度もまた、他人の魂を助けたいと思っている。僕の人生の本のページを通して、みんな孤独じゃないことに気がついてほしいんだ。少しでも自分が永遠の存在なんだと感じてくれれば、死への恐怖も少しはやわらぐだろう。

自分が永遠の存在だと気がついた人は、きっと素晴らしい死を迎えることができるだけでなく、生きている間も素晴らしい人生を歩むことにつながるだろう。

そして、僕の本のページには光がある、って話したかな？

そうだ、今日は君に星（スター）を送るよ。


ビリーの放つ光があまりにも穏やかだったので、私は空を夢中で見つめながら、ビリーが約束した星(スター)を探してしばらく浜辺にとどまっていました。

海、砂、そしてカモメが聖なる光で輝いていました。

その日の午後、私は髪を染めに車でニューヨーク市まで出かけ、運転しながらずっとビリーの役割について考えていました。

ビリー・フィンガーなんて名前、私はちっとも好きじゃない。大嫌い、その名前。その名前を聞くと、悪党、刑務所、拳銃、のたれ死ぬ、なんてことを思い出してしまうんだもの。

「ビリー、あなたって何者？　ギャング？　スリ？　それともギャンブラー？」

自分の兄がもっと他の、例えば教授や作家、ビジネスマンのような、一番の興味が薬で気分がよくなることっていう人以外だったら、と何度思ったことか。

時には、ビリーを恥じることさえありました。高校で一番の親友のお兄さんから、「町で有名な薬物依存症者の妹に自分の妹の友達でいてほしくない」と言われたこともありました。

気にしないわ、だって私は優等生だったし、その友達の成績が上がるように手伝ってあげていたんだから。

私は車を駐車場に停めながら思っていました。ビリーの人生は私がビリーに望んだものとはまったく違ったけど、ビリー以外の兄がほしいと思ったこともなかった。

そうだ、髪は季節に合わせて、夏向きの明るい色に染めてもらおう、少しハイライトを入れて……。するとビリーの声が車のフロントガラスのほうから聞こえてきました。

女優のレナ・オリンみたいな髪色にしたら?

「あなた、レナ・オリンの髪の色を知っているの?」

私は美容室に入りながら、笑ってしまいました。

椅子に座って髪を染めてもらおうと待っていた私の隣に、一人の女性が座りました。

ふと不思議な感覚がして、引かれるようにその女性のほうに顔を向けました。

すると、そこに座っていたのは美しいレナ・オリン本人でした!

ビリーは文字通り、私のもとにスター(星)を送ってくれたのです。

無条件に愛するって、
愛する相手が自分を受け入れてくれるかどうかは
関係ないんだ。

21章　魂は何があっても傷つかない

……魂の種族

ビリーが生きて果たしたさまざまな役割について聞いた私は、今度は自分自身の役割とは何だろう、と考え始めました。

私の役割は、究極の謎である宇宙を探検して、死後の世界とは何かを伝えること？　それについてビリーは答えてくれませんでしたが、死後の世界がある証拠は十分に示してくれました。そして、その策は完璧ともいえました。

まず私が新しい人生を求めてニューヨーク市を離れ、港のそばに移り住んだことで、知らぬ間にビリーの舞台に加わっていたのでしょう。ですからビリーの「人生の本」はビリーのものでもあり、私自身の生き方にも関わっていたのです。

8月の蒸し暑さが終わりに近づく頃、ビリーはさらに秘密を明かしてくれました。

すべての生物は同じひとつの源（ソース）から生まれるけど、それぞれがそれぞれの花を咲かせること

が創造の楽しさにつながっているんだ。

楽しいことをたくさん生み出すことで、創造は無限に広がる。だから、生物にはさまざまな種類がある。それぞれの種が、それぞれの冒険を地上でするってわけさ。

自分の魂の種族っていうのは、国籍や人種、宗教や家族のことじゃない。自分と同じ魂の種族の人に出会ったら、何となくずっと前から知っている人のような気になるものさ。

もちろん、違う魂の種族の人にも出会うけど、彼らは君に新たな知識や知恵を与えてくれる。どんな種族も、偉大な宇宙のドラマには必要なんだよ。

僕の「人生の本」には、たくさんの信じるべきことが細かく出てくる。僕たちの種族の持つ信条は僕が習ったこともない言葉で語られているけど、でもどこかなじみがある。ヨセフと僕は、同じロハナという魂の種族で、書かれている信条は僕たちの種族にずっと伝わる知恵なんだ。

人はそれぞれ、地上でできる聖なる実験を行っている。人間の生まれ変わりの旅も、知恵のひとつなんだ。

僕は自分の魂の種族の知恵を理解するだけじゃなくて、それを作り上げた魂たちのエッセンスのようなものを感じ取ることもできる。ロハナという僕の種族の魂に伝わってきた知恵は、驚くほど自由なんだよ。徳を積むとはどういう意味かという決まりきった概念などなく、人間がとらえる「善悪」をはるかに超えて、自らの放つ光の質にこだわっているんだ。

それに、たくさんの謎についても教えてくれる。

人の魂は高い次元からやってきたことを忘れ、肉体の中に包まれたまま、わざわざ困難な場所である地上に降りるのはなぜだと思う？　それはね、アニー、魂は経験が大好きで、苦しみなんて何とも思っていないからなんだ。魂は何があっても傷つかないって知っているんだよ。といっても、人が痛みより楽しいほうが好きなのは不自然じゃない。ただ、魂にとっては苦しむことも計画済みなのさ。

そして、人がこの世を離れるまで、自分はどうして生まれたのか、どこからやってきたのか、なんてことが完全にはわからないようになっている。僕だって、苦しみや痛みを経験するのは好きじゃなかったのに、僕の地上での人生の終わり方は、まさに苦しみと痛みにまみれていた。君は僕が人生に失敗して苦労したと思っているだろうけど、そうじゃない。僕の人生は悲劇のオペラみたいに終わったけど、あれでよかったんだ。

僕のプリンセス、君が僕たちの魂の種族ロハナに伝わる知恵について知りたいのはわかるけど、許可がないので教えるわけにはいかない。でも心配しないで。ロハナの知恵は、すでに僕の本にたくさん書いてあるはずだから。それに君には君の魂の種族に伝わる知恵があって、君が生きることでそれは書き記されていくんだから。

でも、自分の種族に伝わる知恵のことも気にしすぎないようにね。君がその意識を理解する必要なんてないんだから。ただ、自分の思い（キマイラ）、自分の中で燃える永遠の炎に従って生きれば、おのずから自分の魂の種族に伝わってきた知恵は現れることになっているよ。

地にしっかり足を着けた感覚に戻った私は、「ロハナ（Lohana）」という言葉をネットで調べてみました。

すると、検索して最初に出てきたのは、インドから派生した古代の種族の名前だという説明でした。伝説によると、今から５０００年以上も前に生きていたとされるその高貴な兵士たちの子孫がチベットのダライ・ラマであり、今でも神の化身としてヒンズー教徒の信仰を集めていることを知りました。

ビリーはダライ・ラマの子孫？

私はもう一度書き留めたビリーの言葉を読み直してみましたが、答えは見つからなかったものの、ある言葉が心に引っかかりました。

自分の思い（キマイラ）、自分の中で燃える永遠の炎に従って生きれば、おのずから自分の魂の種族に伝わってきた知恵は現れることになっているよ。

「キマイラ」ってどういう意味？　早速ネットで調べると、ギリシャ神話に登場する３つの頭を持つ火を噴く生き物だということがわかりました。

さらに調べ続けると、「永遠の炎のもとに」というタイトルの記事を見つけました。その記事は、キマイラとして知られるトルコのオリンポス山の炎についてのもので、その神秘に満ちた炎は山の岩の中から空に向かって噴き出すのだそうです。そのキマイラの炎は永遠だとされ、たとえ消そうとしても、また燃え盛るといわれています。

私の「キマイラ」は何？　私の炎はどこに行ったの？

作曲への情熱は、どこかに行ってしまったわけではなく、ずっと私の心の中で燃えている。それにビリーとのことで、私の中で火がついたのも確かだし。たぶん、この世を超えた宇宙を探検するのが、私の新たな「キマイラ」なのだ。

魂は経験が大好きで、
苦しみなんて何とも思っていない。
魂は何があっても傷つかないって
知っているんだよ。

22章　別の世界から光がもたらされることがある

……「この世」以外の世界の存在

9月のある素敵な夕べ、私がシャワーを浴びていると、ビリーが不気味な口調で話すのが聞こえてきました。

スティーブは大病を患うだろう。

そう言ってビリーは、まるでホラー映画の俳優のような声で笑いました。

私は戸惑いました。ビリーはそれまで、こんな予言じみたことを口にしたことがなかったからです。

どうして変な声で伝えるの？　あれはビリーじゃないかも。

だって、ビリーの声には聞こえなかった。誰かが私を脅そうとしているだけよ。でも、なぜ？

このところスティーブの調子がよくないのは確かでしたが、専門医は単なるウイルス性のものだと診断していました。

でも、誤診だったら？　スティーブがビリーの言葉を聞いたら、きっと怖がるわ。

私は、スティーブに理由は言わず、それとなく「別の病院に行ってみたら？」という電話をしました。

数日後、スティーブが電話をくれました。

「先生はね、単なる最近流行り(はやり)のウィルスにでも感染したんだろうって。心配ないって。そう言って別の抗生物質を処方してくれたよ」

すると、遠くからまたビリーが不吉な声で笑うのが聞こえました。今度は前よりはっきりと、そして天井に響かんばかりの嫌な感じの声。私は冷静を装ってスティーブに言いました。

「別の先生にも診てもらってよ」

「どうして？」

「理由はないけど、フローレンスに診てもらったら？　彼女なら今日の午後にでも診てくれるはずよ」

専門医には自分の専門分野しか見えていないのかもしれないと思い、スティーブのかかりつけ医のフローレンスに診てもらうように勧めました。すると、スティーブがフローレンスのところから電話をくれました。

「心電図に異常があるかもしれない。フローレンスが循環器科に行くようにって」

その日のうちにスティーブは血管造影検査を受けるため入院しました。

その検査をするということは、何がしかの異常があるということだと聞いたことがあります。

私はすぐにスーツケースに着替えを詰め、病院のある町へと向かいました。

翌日の朝、スティーブの病室に来た医師が、バイパス手術が必要だと言った時には頭がくらくらしました。スティーブのことが何より心配でしたが、それより私は病院が苦手なのです。

私には15歳の時に、瀕死の状態で虫垂炎の緊急手術を受けた経験があります。それは終始まるで悪夢のようでした。

けれども私が気を失いそうになった時に、どこからともなく安心できるビリーの存在を感じると、すぐにパニックがおさまって、落ち着きと集中力を取り戻せました。

冷静に病院内を見回すと、気になることがありました。汚く散らかっていたのです。

外科医が明日スティーブの手術をすると告げに来た時、私はその医師の言葉を無視して、ニューヨーク市で評判のいい病院のいくつかに電話をしました。

夜中にスティーブを心臓病患者用の特殊救急車で搬送することができた時には、私は漆黒の空を見上げて、「ビリー、ありがとう」とつぶやきました。

転院先の病院でわかったのは、もし手術に踏み切っていたら、スティーブは最初に入院した病院で投与された薬の作用で出血死の危険があったのです。スティーブの手術は、その薬が体から抜けてから行われることになりました。

手術はうまくいき、通常より早く終わりました。それに早期に発見できたので、スティーブの心臓には手術のダメージも残りませんでした。ビリーがあんな怖い声を出したのは、私に頑固に頑張るようにということだったのです。だって、生死がかかっていたのですから。

それからしばらく、ビリーがやってくることはありませんでした。ビリーには、私に時間が必要だとわかっていました。

今回の一件で、本当に私は動揺してしまいました。ビリーに感謝してもしすぎることはないのですが、同時にたくさんの疑問もわき上がってきたのです。

スティーブがビリーの地上で過ごす最後の時を守ることに同意してから、二人とも生まれてきたの？　ビリーは死んでから恩返しするって約束していたの？　スティーブが大変だと私に伝えるのに、ビリーには許可が必要だったの？

ビリーの介入がなければ、スティーブは心臓発作を起こしていた？　スティーブは死んでいたかもしれない？　ビリーがスティーブの人生を変えたの？

宇宙を探検する役割の私としては、答えを探さなくてはなりません。でも、どうやって探せばいい？

秋が日々深まるにつれ、ビリーは私に適度な距離をおき、目に見えるように姿を現すこともなく穏やかに静かに漂っていました。私はインスピレーションを得ようと、満月の夜まで待ちました。

ジャスミンの香りのするろうそくの光が揺らめく中、瞑想用のクッションに座って、わき上がる疑問をメモ帳に書きました。頭の中にある疑問を紙に書くと、ほっとするものです。

私は目を閉じ、思考も空間も時間もない状態に入りました。

1時間後に目を開けると、問題への答えではなく、最も核心的な疑問を書き留めたのです。

「別の次元から、この世界に介入することができるのか？」

次の日の夕方、10月の紺色の空の下、ビリーの光が私の頭上に天使のように現れました。

起きて、起きて、アニー。僕は本物だって証明したはずじゃなかった?

それに僕が本物かどうかより大事なのは、君がいる「この世」以外の次元の世界が存在するということ。光と愛と慈悲に満ちた場所が、本当にあるんだ。

そして、その別の世界から、地上での人生がちょっとだけうまくいくように、ちょっとだけ優しくなれるように、ちょっとだけ音楽を奏でるように人生を楽しめるように、君のいる世界に光がもたらされることがある。

今日は、君に会わせたい人がいる。部屋の隅に青みがかった金色の光が見える？　彼は、パットっていうんだ。とても強くて、高貴な魂だよ。どこかテックスに似ているだろ？　それもそのはず、彼はテックスのお兄さんだから。

君も知っての通り、テックスのお兄さんは、テックスがまだ10代の頃、感謝祭で帰省する途中で飛行機が墜落し、悲劇的な最期を迎えた。そして彼は、テックスを守る存在になっている。テックスのお母さんも、お兄さんのパティー・マローンも、そしてこちら側にいるテックスを愛するすべての存在が、彼女に手紙を送ってほしいと言うので、これから言うことをどうか書き留めてほしい。

親愛なるテックスへ

お母さんの看病で疲れ果てた末、お母さんが亡くなったからといって自分を傷つけないように。酒に溺れて自分を傷つけても、つらさを乗り越えられはしないよ。

運命って言葉を君が好きなのは知っているから、あえて使うけど、君の運命は酒に溺れる以上のことがあるはずだ。たぶん、君の魂がどんなものかを知る時が来たんだよ。

「もうだめだ」と繰り返し訴える自分の体を少しだけ離れてみてごらん。僕はそうやって楽しんでいたよ！　なにしろ歯も抜け落ちてぶくぶく太り、髪も薄くなり、膝は痛むし、血も吐いていたけど。そう、しばらくは、そうやってつらいことから逃れればいい。

けれどもその後で、やらなくちゃいけないことがある。君が傷ついた人を静かに癒してあげたいと思うように、自分にもそうするんだ。だから今は、僕がその優しさを君に与えよう。

君はその悪習を自分の体が悲鳴を上げる前にやめなくてはならない。少しずつでいいから前に進もう。自分のしていることを自覚するところから始めよう。

良し悪しなんてないし、間違ったことなんてひとつもない。ただ自分がやっていることを自分で意識してみてくれ。

ビリーより

私にはビリーがテックスの兄だと言う、部屋の隅に浮いている青い光が見えました。

けれども私には、ビリーがなぜテックスの兄をパティー・マローンと呼んだのか、理解できませんでした。確かにテックスの兄の名はパットでしたが、姓はマローンではありません。

午前中のうちに、私はテックスに電話をしました。

「ビリーが夜中にやってきて、あなたのお兄さんのパットを連れてきたわ」

「え？　ほんと？」

「ええ、それでビリーがあなたに手紙を渡してほしいって言うんだけど。ビリーとパット、それから向こうの世界に行ったあなたを愛している人たちからの手紙よ」

「まあ！　なんてこと！」

「でもね、どういうわけか、ビリーがお兄さんをパティー・マローンって呼んだんだけど、それってアイルランド系の姓で、テックス、あなたはフランス系よね？」

「まただわ！」

　テックスが笑って続けました。

「ビリーったら。確かにマローンは私の姓じゃない。でも私の母がアイルランド人で、旧姓がマローンだった。そして母の父、私からすると祖父になるけど、その人の名前がパティー・マローン。きっと兄のパットと祖父からの手紙ね。すごい！　すぐにその手紙を送って」

　私は少し躊躇（ちゅうちょ）しました。酔っているテックスを見たことは一度もありません。でも、私にはテックスの飲酒問題が急を要すると思えたので、つい先走って言ってしまいました。

「あのね、手紙はあなたの飲酒についてなの」

　電話の向こうのテックスが静かに凍りついたのがわかりました。

　もう、電話を切ったほうがいいと思った私はそうしてから、ビリーからの手紙をメールでテックスに送りました。

　このことでテックスとの友情が終わりませんように。

その別の世界から、
地上での人生がちょっとだけよくなるように、
ちょっとだけ優しくなれるように、
ちょっとだけ音楽を奏でるよう人生が楽しめるように、
君のいる世界に光がもたらされることがある。

23章　やわらかく包まれるような音に満ちている

……メロディが聞こえる

感謝祭の直前、ついにビリーの遺品が入った古びた段ボール箱が届きました。

その箱は、10か月前にビリーが亡くなってからディーラーのショールームに保管されたままでした。ビリーは亡くなる1週間前まで、古ぼけたベンツで寝起きしていたのです。

ビリーが車に残していたものは、今では小さな段ボール箱に納められ、その箱には黒いマジックで「触らないで」と書かれていました。

私は箱をビリーの遺灰を置いていた暖炉のすぐ下に持ってきましたが、まだ箱を開ける心の準備ができていませんでした。

車で暮らしながら、気分が高揚し、車ごと木に激突して人をひき殺しかねなかった、そんな生前のビリーが思い出されました。

それでも私は箱の中身に興味がありました。

箱の中には今のビリーが私に持っていてほしいものが入っているの？

感謝祭の日の朝のこと、ビリーの声が聞こえてきました。

いっそのこと、クリスマスまで待ったら？　クリスマスまであと1か月だし。クリスマスの朝起きたら、きれいな雪が降っていて、そして、その箱が僕からの贈り物ってことで開けるのはどう？

僕が君に話しかける時には、君に聞こえる言葉と声で話しかけているけど、君にわかりやすいようにそうしているんだよ。僕のいるところでは、言葉は必要ないんだ。ヨセフと僕はお互いの考えていることがテレパシーでわかる。いや、考えていることというのは正確じゃないな。それよりもっと素晴らしい、君が想像できないほど美しいシンフォニーみたいなものさ。

地上では、みんなさまざまな理由で言葉を口にする。思った通りを口にする人もいれば、思ってもいないことを口にする人もいる。僕がいる場所では、装ったり、ウソをついたりすることはない。他人と自分を比較することも、後悔することもない。ここではただ見事にテレパシーだけでコミュニケーションができる。

テレパシーといえば、君は時々、僕がいる場所には音楽があるのかって考えているよね。僕のいる場所にはよく、天使の歌声が流れているとか、ハープの音色が聞こえるとかいわれるけど、君はそれが本当だろうかとも思っている。

そうだね、僕に限っていえば、僕のいる場所にはそんなものはないけど、やわらかく包まれる音に満ちている。僕は今までその音をただ楽しんでいるだけだったけど、君に伝わるように少しだけ分析してみよう。

ここには、風、雨、波の音など地球の自然を思い出させてくれるような音が霞のように広がっている。でも、地球の自然の音よりももっと音楽的だから、きっと何かの楽器で演奏されているんだと思う。

その音色は、やわらかく夢見るようなバイオリン、チェロ、フルート、ホルンやハープのそれに似ているけど、リズムは一定ではない。曲は波動となって常に変化している。

最近になって僕は、この霞のように広がる音楽の中に時々、突然、あるメロディーが聞こえてきては、すぐに消えてしまうことに気がついた。

どんどん頻繁に聞こえるようになってきたけど、曲自体がはっきりしてきたのか、僕が以前より聞こえるようになったのかはわからない。この宇宙の音は君がいる場所でも聞こえるんだ。だって、その音楽はどこにでも流れているから。でも、普段使っている耳では聞こえないよ。スピリチュアルな耳で聞くんだ。

ところが、人はたとえ耳にこの音楽が聞こえたとしても、ものすごくたくさんの音を聞き分けるのに忙しい。君の中にあるスピリチュアルな耳には聞こえているはずだけど、他のたくさんの思考に耳を傾けてしまって、普段は聞こえないだろう。

1枚の絵画は何千の言葉に匹敵するとよくいわれるけど、でも今回、僕は君に絵画の代わりにiTuneのファイルで音楽を届けることにするよ。シベリウスが作曲した音楽には、宇宙の音がわかる曲がある。シベリウスは確実に高次元とコンタクトして作曲していた。彼の暗い曲じゃなくて、白鳥の曲を聴けば、音が広がってどうメロディーになるのかに気づくだろう。この曲を聞けば、僕に聞こえている曲のイメージがわかると思う。

もっとも実際、僕に聞こえているのは無限で高次元で、もっと壮大な音だけどね。

そしてね、アニー、時々だけど、声、それも僕が理解できない言葉で歌う女性の声が遠くから聞こえる。心誘われる妖婦の歌のようだけど、でも、いわゆる妖婦の声じゃない。だって、妖婦の歌は男性を死に誘うためのものだけど、僕はもう死んでるから（笑）。

その歌には無我夢中になるような響きがあって、もっと聞きたくなってしまう。僕にはこうして何かを望むってことがあんまりないけど、君もその声を聞いたら、そう思うだろう。

白鳥の曲？　シベリウス？

その作曲家の名前は聞いたことがあったのですが、曲については何も知りません。そこで

iTuneを起動して「シベリウス」で検索すると、「トゥオネラの白鳥」という曲を見つけてダウンロードしました。

　すると、ビリーがいる場所に流れている音楽のような、やわらかく包まれるメロディーが流れてきました。そしてわかったのは、「トゥオネラの白鳥」はフィンランドの伝説に基づいた曲で、この世とあの世を分かつ、暗く神秘的なトゥオネラ川を泳いでいる聖なる白鳥を描いたものです。白鳥は、ビリーが私に与えた役割と同じ、次元の間の流れの案内役だったのです。

　私はこの曲をグル・ガイに、ビリーの言葉を添えてメールで送りました。

　すると、グルはシベリウスの没後50周年を記念して掲載されたニューヨークタイムズ紙の記事を送り返してくれました。その記事に、「シベリウスは自分が作曲した曲のいくつかは、源（ソース）から生まれたものだと信じていた」とありました。

　シベリウスはアルコール依存症だったことも公表されていましたが、きっとビリーと同じくアルコール依存症だったことも彼の人となりの一部だったのでしょう。

　シベリウスはアルコール依存症でなくても、同じ才能を発揮できたのかしら？

　他に才能を発揮できる方法があったかどうかなんて、誰にわかったでしょう？

僕のいる場所には、天使の歌声も
ハープの音色も聞こえないけど、
やわらかく包まれるような音に満ちている。

24章　家とは自分の心がある場所

……兄の日記、2枚のコイン

ビリーが言った通り、クリスマスには雪が降りました。

私が暖炉の火を起こすと、部屋は炎とビリーのもたらした雰囲気で明るくなりました。


メリークリスマス、アニー。

箱の中で君に見つけてほしいのは、僕が君に明かす人生のカギだよ。

君の家はなんて素敵なんだって、君に伝えたことがあったっけ?

僕には最後、家がなかったけど、家というのは自分の心がある場所のことなんだ。


私が最初に箱から取り出したのは、「家」という文字と白鳥の絵が描かれた空き缶でした。

シベリウスのトゥオネラの白鳥?

次に出てきたのは、小型の望遠鏡。

次元を超えたシャーロック・ホームズのような探偵という君の役割を祝して！

ビリーが冗談を言いました。他には、ビリーがベネズエラにいた頃の額入りの写真とアルバムが入っていました。そしてビリーが楽しそうに笑いながらいろんな女性と撮った写真や海に入った写真が封筒にあふれんばかりに入っていました。

ね、そんなに悪くない人生だっただろう？　マルガリータ島では楽しい時もあったんだよ。
そんなに深刻な感じでもないだろう？

私はビリーと話をしながら、箱の中のものを次々と見ていきました。
その荷物の中にはＣＤと数冊の本も入っていました。本の下には４冊の古びたノートが入っていて、それらはビリーの日記でした。
「ビリー、あなた日記なんてつけていたの？　読んでもいい？」

全部君にあげたものだろ？

箱の一番底の隅に隠れていたのは、ピンクのハート形の水晶、真珠層で飾られたピルケース、ビリーが以前、中に入っていると言っていたカギ、そしてアルコホーリクス・アノニマス®（ＡＡ：無名のアルコール依存症者たち）のコインが２枚でした。

金色のコインは、ホワイト・ディア・ランというアルコール依存症克服施設のものだ。僕のリハビリの中で一番楽しかった。８年ぐらいはいたかな？

もう１枚のコインは銀色で、コインの表には十字架と「But for the grace of God」という言葉が刻まれていました。

僕が生きていた頃、いつも唱えていた言葉だよ。

私が箱の中身を見ていると、テックスから電話がかかってきました。
「アニー、私、アリゾナに１か月間行こうと思うの。１月中に」
「いいわね、１か月休暇を取るのね」

「正確には休暇じゃないんだけど、リハビリに行こうと思って」

私はびっくりしました。だってテックスは、リハビリしなくてはならないことがあるようになんてちっとも見えなかったからです。1か月前、私がビリーからの手紙のことを話した時、彼女は私に冷たい態度を取りました。以来、私はその話題に触れずにいました。

「アニー、どう思う？　名案でしょ？」

「素晴らしいわ」

私は、ビリーの箱から出したカギとハート型の水晶、ピルケース、2枚のAAコインを寝室の引き出しにしまい、ビリーの日記はリビングの籠の中に入れておくことにしました。ビリーの箱が届いた時のように、ビリーの日記を読めば生前の彼を思い出すだろうと思って怖くもありましたが、1週間後、紫色の表紙のビリーの日記を取り出してぱらぱら読み始めました。

中には次のようなことが書かれていました。

「君の中の庭を育てるには、花に水をあげなくてはならないけど、スピリチュアルな意味の砂とは、真珠を作るための真珠貝の中の砂のことだ。真珠ができるには刺激が必要だ」

なんてことが書いてあるの！　驚いた私は読み続けました。

「砂という刺激のある波瀾万丈の人生を与えてくれてありがとうございます。私には本を書く準備ができました」

砂？　刺激？　真珠？　本？　あり得ない！

次の月には、ビリーの読みにくい字をゆっくりと解読していきました。私が目にしたのは、ビリーの苦しみ、暗い過去、そして神への情熱と親しみでした、

「僕は、どうしてもよくなりたい。でもそれは2番目に大事なこと。一番大事なのは神だ。だって神以外誰も僕をベネズエラから救い出して、僕の回復の手助けをできた人はいない。すべては神がなされたこと。神よ、愛しています。どうかここに、僕のもとにいてください」

「僕は、人生がよく見えるように人生を映し出す鏡を磨く手伝いをしたい。人々の人生を変えるような美しい言葉で、神の愛を込めて、困難の中にいる人々を助けたい。僕は依存症だったけど、繊細で、人を思い、直観的で、知性も知恵もある。どうやって僕の思いを世の中に示せばいいかをお教えください」

「人を助ける方法。それは僕が本を書くこと。知的なことを書いた本ではない。だって人生やその充実感は精神にあるから。それに僕は世の中に笑いをもたらしたいんだ。僕の本に、人を助けられるようなことだけを書く。本当でないことを書いた本は出さない。僕の本はやがて完

成するだろう。僕はやり遂げる。それは神、あなたの手の内にある。神よ。愛を込めて」

「神よ。時が迫っていることを僕は知っている。今ターニングポイントに立つ僕に残されたことは、すべてをあなたの知恵と強さにゆだねることだ。僕は、人の言葉に耳を貸すには年をとりすぎてしまった。そう、僕は人に耳を傾けることができるが、そうはしない。だって僕が人生で求めてきた夢や勝利とは、悪事を働くためではなく、人の役に立つためのものだから。このことを知るのは、神、あなただけだ。それだけが僕にとって大事なことなのだ。愛を込めて。ビル・フィンガー」

ビリーの日記を読みながら、私の気分は浮いたり沈んだりしました。

ビリーは私を励まそうと、宇宙を舞台にかくれんぼをしていたんだわ。

ビリーはテレパシーでも言葉でも、どちらでも私とコンタクトできるはず。

周りが明るく輝いてきたら、そばにビリーがやってきたとわかるようになりました。私は静かにビリーを呼び出して、ビリーが返事をするかどうか確かめます。

ビリーが必ず返事をしてくれるわけでなくとも、それもこのゲームの一部であり、私にはビリーがそばにいる時といない時がわかるようになってきたのです。

家というのは、自分の心がある場所なんだ。

25章　人助けはうまいけど、自分を助けるのはうまくない

……テックスに贈るコイン

ビリーが亡くなっておよそ1年がたった、荒天の1月中旬の午後のことです。私が着替えていると、ビリーがやってきました。

数日以内にテックスがリハビリに行くだろうから、君が今日テックスに会って、行ってらっしゃいって声をかける時、彼女にとって重要なものを渡すんだ。

実は最初から、僕はテックスのことが気になっていた。何しろ君が好きな人だからね。

テックスは、不思議な心を持った、まれに見る素敵な人だ。君がテックスに出会った時、彼女はお母さんを数年間介護し続けていた。テックスはスコッチが大好きだけど、テックスのお母さんが亡くなる頃には、自分も誰もが気づかないうちにお酒をたくさん飲むようになって、寝る前にはスコッチと薬が欠かせないまでになっていた。ありがたくもそんな朝は来なかったけど、テックスがある朝目を覚まさないってことだってあり得た。

僕の「人生の本」を作る上で、テックスは大事な証言者だ。僕が本物だっていう証明に彼女を巻き込んだのは偶然じゃない。僕は彼女にも僕の存在が本物だとわかってほしかった。

知ってるだろうけど、テックスは、君に僕のことを打ち明けられた直後から僕に話しかけるようになっていた。彼女はその時にはまだ、僕に話しかける意味など想像もしていなかっただろう。テックスは、これから自分にある特別な才能が目覚めることをまだ知らない。

僕がテックスに送った手紙、そう、君には言わなかったけど、テックスはその手紙をちゃんと読んだ。君にとっては、テックスの兄のパットと僕が、異次元から介入したことになるかもしれない。僕たちはテックスの耳元で、強くなって、耳をふさいだり目をそむけたりしないように、とささやき続けていた。テックスは人を助けるのはうまいんだけど、自分を救うのはうまくない。

さあ、僕がテックスにあげると約束したコインを手渡す時が来た。そのコインとは、僕の残した箱の中のアルコール依存症克服施設ホワイト・ディア・ランのAAコインだ。今は君のタンスの引き出しに入っているはずだ。そしてコインと一緒に僕の写真を1枚渡してくれ。

僕の箱に入ったコインが君のもとに届いたり、テックスが自らの抱える問題を認める1年前、僕は君にテックスに渡してほしいコインがあると言ったけど、いや驚いた！　ぴったりなコインがぴったりなタイミングで現れた、ってことになる。

僕のいる場所からの介入とそのコインが、テックスの人生を変えるだろうか？その答えはテックスにだけ出せる。


テックスと私はスターバックスでお別れのコーヒーを飲みました。

「ビリーがとうとう、あなたにどのコインをあげたらいいかを伝えてきたわ」

私はテーブルにホワイト・ディア・ランのコインを置きました。

テックスはそのコインを手に取って、じっと見つめました。

「それはアルコール依存症克服の12あるステップのコインのひとつなの」と私は続けました。

「ビリーの箱を開けて見つけたんだけど、今から1時間前になってやっと、ビリーがそのコインがあなたへのものだって伝えてきたわ」

テックスは驚いたようで、言葉も出ずにいました。

コインを見たら、テックスがリハビリに行くのが運命のように思え、その運命にビリーが一枚かんでいたことになります。そして私が手渡したビリーの写真を見て、テックスが「私にはビリーが必要みたい」と言ったのです。

テックスはいまだに煙草を吸い、ブラックコーヒーを飲みますが、最近、お酒を手にしているのは見ていません。

26章　今していることは、すべてが奇跡

……「ありがとう」と感謝する

テックスにコインを渡してからのある朝、私は目覚めると、ビリーの残した箱の中にあったもう1枚のコインに刻まれた言葉が気になりました。

「There but for the grace of God … go I（明日は我が身）」って刻まれていたはず。

テックスに渡したコインが大切なものなら、もう1枚のコインにも何か重要な意味があるに違いないと思い始めたのです。

コインに刻まれた言葉は慈悲を表すはずですが、「ああ、君に起こったことを気の毒に思うけど、自分に起こらなくてよかった」という意味にもなるのでは？　もし、そう誰かに言ったとしたら、その人は私をどう思う？　神様が私をその人より愛しているってことになるの？　ビリーが私に残したメッセージの本当の意味は？

その言葉をベッドに横になったまま哲学的に理解しようとしていたら、ビリーが話しかけてきました。

そのコインをもう一度よく見てみたら？


そのコインは引き出しに入れたまま、一度も出して見たことがありませんでした。

すると、コインに刻まれていた言葉は、私の記憶違いでした。

刻まれていたのは、「But for the grace of God（神の恩寵がなければ）」という言葉でした。


言葉は言葉でしかないし、知恵は言葉より偉大だけど、人間には自分の考えたことを忘れないよう、とりあえず思考を言葉にしておく必要がある。

実際にコインに刻まれていたのって、驚くような言葉だろ？

ただ「But for the grace of God」とだけ書いてある。それだけ、それがすべてさ。

最後の「……go」（私もまた同じだった）」がないと、まったく違う意味になる。見たものに思い込みで言葉を加えてしまうことって、ついやってしまいがちだけど、ちょっと困ったことになってしまう。

僕が君に残したコインのメッセージを「the grace of God（神の恩寵）」と呼ぶことにするけど、まったく違う、しかも大事なことなんだ。物事の中にある惜しみない恩寵、人生がどんな困難を迎えたとしても、それが一番大事だという意味。そのコインは、恩寵に君が気づくためのものだ。

「But for the grace of God（神の恩寵がなければ）」という言葉で僕は何を考え、何を感じ、何をして、どうなろうとしたか？　それぞれの人生の瞬間、瞬間に恩寵がどれだけ与えられているか？　恩寵って何？

アニー、今はこれ以上語らないでおく。僕は、感謝を伝えきれていない。アニー、僕を愛してくれてありがとう。

どうして、恩寵の気持ちがある人と、さほど恩寵の気持ちがない人がいるんだろう、って？そんな難しい質問は、とりあえず棚上げにもできるけど、だって？

ここに人生のもうひとつの秘密が隠されているんだよ。人は他人に恩寵の気持ちがどれだけあるかなんて測（はか）れはしないんだ。いくらその人の立場に立ってみたところで、その人そのもの、その人の真実、その人の魂の状態までまったく同じになることはない。

君が生きる人生だけが君のものだ。その他のものは全部、ただ聞いたことでしかない。だから、誰が幸運だとか不運だとか、表面的に起こったことだけで判断しないように。幸も不幸も、単なる人間的なとらえ方でしかない。僕ははっきりそう言える。

人は普通、頭を殴られるような衝撃的な奇跡でも起こらない限り、自分が受けている恩寵を実感することはない。自分の毎日にわずかな奇跡がつねに起こっていることに気がつかないんだ。ちゃんと呼吸をして、目が見え、耳が聞こえ、歩け、話ができ、考えられるし、感じることができる。全部奇跡なんだよ。だからスピリチュアルな道を歩むには「感謝すること」が必要だと言われるんだ。そうすれば人生の中の恩寵に気づけるからね。

僕はいつも「grateful（心から感謝する）」より「thank you（ありがとう）」と言うようにしていた。だって「ありがとう」って言うほうが、自分が思ってもいないことを無理に言葉にするよりずっとたやすいからね。

「ありがとう」という言葉には、高潔なメッセージが流れている。たぶん最も癒される言葉なんだよ。「ありがとう」は宇宙からの神の恵みを魂にもたらしてくれるんだ。

その夕べ、私は友人と音楽プロデューサーと町で食事をすることになっていました。タクシーに乗り込んだ私に、ビリーが「食事中に僕がまた証拠を示すから」と話しかけてきました。

メインディッシュを食べていると、ビリーが私の耳元で、「ほら、来た」とささやきました。

すると、友人が話し始めました。

「レストランに来る途中、舗道に座っていたホームレスにお金をあげたんだ。There but for the grace of God（神の恩寵がなければ）だよ」

ちゃんと呼吸をして、
目が見え、
耳が聞こえ、
歩け、
話ができ、
考えられるし、感じることができる。
全部奇跡なんだよ。

27章　あの世に「終わる」の概念はない

……光の川の流れのそばで

「神の恩寵」と刻まれた銀色のコインは汚くなっていたので、きれいに洗って磨いていると、私が6歳の頃、毎週金曜日の夜に父がくれた銀色のコインのことを思い出しました。

私はもらったコインを、銀色に光る靴箱のふたに父があけてくれた穴から貯金していました。お金を貯めていつかパリに行きたいと思っていたのです。そして、129枚貯まったところで、ビリーと一緒にすっかり消えてなくなりました。

私は父の腕の中で、コインがなくなったこと、パリに行けなくなったこと、兄がいなくなったことを思って泣きました。なので「神の恩恵」のコインは、その時のお金をビリーが祝福とともに返してくれたような気がしました。

ビリーの一周忌が来ると、自分がまだどれだけ悲しみを抱えているかに気づいて驚きました。でも、なんとビリーはパーティーを開いていたのです！

僕は自分の「人生の本」を見終わって、新たな局面に入ったんだ。

僕が「終わった」と言ったのは君にわかりやすいようにそう言っただけで、僕のいるところに「終わる」という概念はない。一瞬一瞬が次の瞬間にとって代わる「永遠」と感じる時の流れの中で、自分で「終わり」を決めるんだ。

いつものように宇宙とひとつになる時間を楽しく過ごして目を覚ますと、自分がまた光でできた体に戻っていることに気がついた。といっても、地上にいた時の体と間違えたりすることはないよ。なんといっても、いかに体から出たり入ったりしやすいかで違いはわかる。

とにかく目を覚ますと、僕は不思議な川のそばに足を組んで座っていた。川の長さは永遠に続いているように思えるんだけど、川幅はたぶん2、3メートルで、向こう岸に座るヨセフの顔がよく見える。

川といっても普通の川じゃない。水が流れているわけじゃない。川の中には紫、赤、黄、オレンジ、緑、青の光が波打って流れていて、川以外は真っ暗なので光がますます際立って見える。

川の流れには、うっとりするような音も流れていて、そうだね、あえてたとえるなら、電子音のチャイムやゴングを鳴らした後の余韻が混ざったような音色がしている。

だけど、こう表現しても、この川の一番大事な部分、一番の特徴が抜けている。それは、この川には神秘的な感じがするということだ。

アニー、君がこの川の流れの音をほんのちょっとでも聞いたら、怖いとか、怒るとか、頭に来ることとなんて二度となくなるだろう。たぶん、だからこそ君の耳には聞こえないのかもしれない。地上であらゆる感情を体験するために生まれたんだから、聞こえなくていいんだよ、聞こえなくて。

川のそばに座る僕には、次に何が起こるか、次に何をすべきか、まったくわからない。いつものようにヨセフが僕にこうしなさいと指示することはないんだ。素敵だろ?

僕は、間違ったことばかりすると言われてばかりだったから、他人からこうするべきだって言われるのが大嫌いなんだ。と言ったところで、僕のいる場所には「間違い」という概念なんてない。ヨセフは僕の善悪を判断するんじゃなくて、ガイドなんだ。

僕はまず、川の光が波のようにきらめくのを座って見つめていたけど、やがて川から流れてきた不思議な音に圧倒されて目を閉じた。すると、その音の他には何もない世界へと引っぱられ、そして謙虚な気持ちで君に伝えたいと思うことが起こったんだ。

その音がだんだん強くなるにつれ、僕はどんどん浄化されていった。この次元では僕が一瞬一瞬感じる感覚は君が想像できないほど素晴らしい。「人生の川」は僕が我を忘れるほどのものだったんだ。

やがて、「僕」という感覚が溶け始めた。川の流れのように、僕自身が永遠に続く、チャイムの音のする永遠の虹の光の波になったんだ。生きていた頃の表現なら、それはまさにサイケデリック（幻覚）な経験だった。

するとと、僕のすぐ近くで信じられないほど素晴らしい音楽が流れ始めた。最初は少ししか聞こえなかったけど、まるで普通の音楽じゃなくて、きっと天使はこんなふうに優しい声で歌うだろうと思えるようなものだった。でも、その音楽は歌声ではなく、長くゆったりした音が互いに溶け合うように流れていた。そして音自体がメロディーになっているんだけど、実はその聖なるメロディーはずっと、自分の魂の中にひっそり隠れて流れていたことに気がついたんだ。

すると、まったく思いもしない感覚がよみがえって、死んでから感じたことがなかったほど肉体的な感覚を取り戻した気がした。僕は、この体を持って生きていた頃に感じていた懐かしい温かさをとても心地よく感じたんだ。でも、たとえ生きていた頃に最も素晴らしいと感じた感覚を無限に大きくしても、「人生の川」で感じたものには及ばない。

生きていた頃の肉体的感覚が戻ったからといって、僕には生前を惜しむようなこともなかった。まったくと言っていいほどね。肉体を持って生きる神秘、魂が肉体の中で感じた満足感をはっきり感じ取れたんだ。喜びも、違いを楽しむ感覚も、どんな楽しみも苦しみもそこには含まれていた。

この「川の流れ」っていったい何？　僕にもわからない。たぶん最も高次元の源（ソース）の息吹なんだろうけど、僕にははっきりとはわからない。
ただね、アニー、僕に言えるのは、君自身の魂もやがて「人生の川」にある時期留まって、川の流れとひとつになることがあるだろうということ。そして、川から流れる自分自身のメロディーを聞けば、きっと命の持つ素晴らしい神秘が君にも解き明かされるだろう。

ビリーが「人生の川」の話をしている間、私には何のメロディーも聞こえてきませんでしたが、自分の背筋に喜びが走り抜ける感覚がして、呼吸が楽になりました。私はその感覚をゆっくり楽しみながらも、ずっとは続かないことに気がついて、ビリーに幸せの秘訣について尋ねました。

「人生の川」が僕を浄化してくれたように、楽しいことをすれば君は喜びを感じる。
人間は多くの時間を不幸になることに費やしているんだよ。真珠貝の中に入った砂を気にしすぎてね。自分の喜びを知るためには、自分が好きなものに注意を払うことだね。

僕のいるところに「終わる」という概念はない。

人生は贈り物……

28章 毎日にたくさんの奇跡が詰まっている

私はビリーが教えてくれた「幸せのレシピ」を試し始めました。自分が好きなものといっても、何も大げさなものである必要はありません。

烏龍茶の入ったカップのぬくもりを手で楽しみながら、朝の1杯をゆっくり味わいました。花屋の前を通りかかったらユリの花を買い、昼食を作りながらジョン・コルトレーンのジャズを聴き、お店で列に並んで待つ時には歌を口ずさみ、人の顔を見ながら自分が一番好きなパーツを探しました。

自分の好きなものに注意を払うのは、精神的な訓練にもなりました。肌に吹きつける潮風、カモメの鳴き声、チョコレート、フランス製の香水、真っ赤なアネモネ、猫をなでるなど、自分が好きなことで満たされると楽しみが増えました。ただ、それまで自分が好きなことだという注意を払っていなかっただけでした。

やがて、ビリーが楽しみについて付け加えました。

これまでの旅の中で一番素晴らしい贈り物を僕は受け取っている。それは聖なる書だ。それは人間が地上で学ぶようなものとはまったく違う。誰が誰にどうするべきかとか、誰が正しいとか間違っているなんてことは書かれてない。というか、人が何をしたかともまったく関係のない内容だ。

この書を与えられたことで、僕の人生は報われた。僕たちはみんな自分が生きてきた人生から報いを受け取るんだけど、どんな人生も、生きている間には想像も理解もできないほど、すべてが貴重なものだ。どんな人生も贈り物のようなものなんだ。

僕が人生は「チャンス」ではなく「贈り物」だと言ったのは、チャンスには成功と失敗があるけど、人生にあるのはそんなことを超えたものなんだ。

言葉にはできない「音」という言語で綴られるものなんだ。弦理論を追求する科学者はそれに気づいている。人生の聖なる書とは、天にある源（ソース）から流れる目には見えない光のシンフォニーみたいなものだと言えばわかってもらえるかな（笑）。

人はそれぞれ地上で生きる間、聖なる楽器として宇宙のシンフォニーを奏でている。その音は、美しいものもあれば、明るくてアップテンポな調子のものも、ゆったりとしたメランコリーなものもあるが、どんなものでもいい。奏でられた曲はすべて、死後に自分の音楽の一部となる。どんな努力も波瀾万丈も、自分が奏でている時には気がつかない神秘的な音をかもし出すことになるだろう。君は僕がいる世界のことを知ったことで、おそらくは自分の音楽を少しは感じられるだろう。

僕は星が生まれるいろんな色をした粒子の雲の真ん中でヨセフに会ったよ。宇宙飛行士は、自分が探検していた空間に、やがていつの日か自分が戻るなんて思いもしないだろう。もっとも、その時には望遠鏡も宇宙船も道具もいらないけどね。ただ自然にその場所に戻るんだ。

ヨセフと僕が左右に並んで雲の間を通り抜けると、上から色のついた光の波が降り注ぐ。そして、この先何が起こったかを正確に言葉にするのは無理を承知で努力してみる。

光が僕に触れると、僕の中にメロディーが走る。メロディーは僕の深いところにあるものを呼び起こす。僕の中にあるメロディーだ。すると、記憶がよみがえる。とはいっても、地上にいた頃の記憶ではない、新たな記憶だ。生前に起こったいろいろな雑音や面白くないことが消え去り、魂に起こっていたことだけを思い出す。僕は純粋に畏敬の中で生きていたんだ。日常にはたくさんの奇跡が詰まっている。当たり前のことも、当たり前でないことも。

例えば目が覚めること。僕は夢の中から目が覚めた時、自分の中で何が変化するかは経験してきたけど、でも、目が覚めたり、眠りに落ちたり、呼吸をしたり、笑う、泣く、歌う、踊る、そして人を愛することの本当の意味での壮大さを感じていなかった。

こんな経験をすることで生まれるメロディーが、今では僕の魂への聖なる贈り物として、いつしか甘い神酒となって僕に栄光をもたらす。目に見えないものを追い求めてきた心が神の酒となるよう、それらの経験があてのない創造に向けて僕の中ではじけるんだ。

奏でられる音楽の中で、僕は至福の本質そのものになるんだ。

ビリーのメッセージのおかげで、私は幸福を感じたまま郵便受けに向かうと、中には待ち望んでいた封筒が入っていました。

1年以上前、ビリーを車ではねてしまった運転手がかけていた保険で100万円ほどが振込まれました。ビリーの借金を清算すると、手元に数十万円が残ったので、ビリーの思い出として指輪を買うつもりでいたのですが、ビリーには違うプランがあったようです。私が封筒の中身を取り出すと、ビリーがささやきました。

ジャマイカに行ってくれ。

ビリーは、かつて住んだジャマイカが大好きでした。私は、日差しのもと青い海で泳いだらどんな感じだろうと思っていると、ある考えが浮かびました。ジャマイカに行って、ビリーが世界で一番好きだった場所、ダンズリバーの滝にビリーの遺灰をまこう。多くの人が集い楽しむ温かい滝の流れに遺灰をまくアイディアは、ひとつを除けば完璧でした。

私は15年前に一度だけジャマイカを訪れ、ダンズリバーにも行きましたが、それは悲惨な旅となってしまったのです。乗ったボートのエンジンが止まり、海を漂流するトラブルに巻き込まれ、滝に着いた時にはすでに疲れ果てていた私は、震えて立っていることさえできないほどでした。しかもジャングルに囲まれた小さな滝がゆるやかに下っているぐらいに思っていたのですが、実際目にしたのは、険しくごつごつした岩やつるつるすべる岩にぶつかって水音をとどろかせている200メートルの巨大な滝でした。私はあまり運動が得意ではないので、そんな岩場を水が噴き出す中で登るなんて、とても正気には思えませんでした。そこで私は滝沿いの木や土の階段を使って上まで登り、頂上に到着するとすぐにタクシーを呼んでホテルに戻りました。

あの滝を登ってビリーのお葬式を最後まできちんとやるとなれば、別の話だわ。越えられない壁はない。ビリーのために滝を登って遺灰をまこう。そう決心しました。

日常にはたくさんの奇跡が詰まっている。
当たり前のことも、当たり前でないことも。

29章 君は祝福を受け取るだろう

……またサインを送る

3月になり、私は凍って灰色に見えるロングアイランド東部からジャマイカへと飛び立ちました。

モンテゴ・ベイの空港に到着すると、ビリーのもたらす力が働き始めました。こと旅行となると、私とビリーはまったくタイプが違い、ビリーは外交的で、私は内向的なのですが、今回の旅はこれまでとは違いました。私がジャマイカの地に足を踏み入れた途端に、誰もが私を愛してくれている、互いに気持ちは通じ合う、と感じたのです。

ホテルに着いた私は荷物をほどき、ビリーの遺灰を入れた赤い絹の袋を取り出してドレッサーにしまいました。そして旅の4日目の朝、私はビリーに起こされました。

今日は僕の葬儀にぴったりの日だ。僕の葬儀をしてくれることに感謝する。

ダンズリバーの滝に僕の遺灰をまいてくれるなんて、君の愛を感じるよ。君が前にここに来た時には悲惨だったから、余計にね（笑）。

君はとても無理だと思うほど大変でも、僕の遺灰を滝にまく決心をしてくれた。

アニー、遺灰を滝に流してくれたら、僕にはきっとそれがわかる。君がそうしてくれたことに僕は愛を感じるだろう。

君がどれだけそうしたいかわかってるから言っておくけど、もし滝の上まで登れなくても大丈夫だからね。もう一度言うよ。必ずしも滝の上まで登らなくてもいいんだよ。だからプレッシャーなしでいこう。

今日、僕の葬儀の間に、また君にサインを送るよ。葬儀を終えたら、君は祝福を受け取るだろう。今のところはここまで伝えておくよ。


ビリーはふざけた感じで姿を消してしまいました。私は初めてビリーに、細かいことをお願いしました。私は滝を登るのにガイドを雇うつもりでした。

「お願いがあるんだけど。あなたと同じウィリアムという名のガイドが見つかりますように」

ビリーは何も言いませんでした。そして、私はずっと身に着けているシルバーのビーズのブレスレットを「なくさないようにホテルに置いていってもいい？」と尋ねました。そのブレスレットを私はとても大事にしていたのです。私の瞑想の先生からもらったもので、腕から外したことはありませんでした。

もし、滝にブレスレットが流れていっても、それもまたいいさ。

ビリーが言ったのはこれだけでした。

私は小さなバックパックに赤い絹の袋を入れて、タクシーでダンズリバーに向かいました。そこで私が最初に目にしたのは、6階建ての建物ほどの高さのあるバンヤン樹（ベンガルボダイジュ）でした。テックスがバンヤン樹について話してくれたのを聞いて以来、いつか自分の目で見たいと思っていました。

「この樹がきっと、ビリーの言っていたサインに違いないわ」と思いました。

私は特殊なゴム製の沢登り用の靴をレンタルし、ガイドのいる小屋を示す矢印に沿って進みました。

すると、10人ほどの赤いシャツを着た男性たちが、三々五々に食事をしたり、煙草を吸ったり、トランプで遊んだりしながら仕事が来るのを待っていましたが、一人落ち込んだ様子で片隅に座ってぼうっと遠くを眺めているガイドがいました。ガイドを割り当てる担当の女性が彼に向かって私には聞き取れない声で話しかけましたが、その彼は頭を横に振っただけで、そっぽを向いてしまいました。私がのぞき見た彼の顔は、どことなくビリーに似ている気がしました。

「すみません、こちらにおいでいただけませんか？」

私の言葉に、そのガイドはいやいやながらこちらにやってきました。私の目に彼のTシャツの前に黒い文字で書かれた彼の名前が入ってきました。彼の名前はウィリー。ウィリアムによく似ています。彼は明らかに一人にしておいてほしいという感じでしたが、それでも私は言いました。

「ウィリー。あなたにお願いしたいの。私にはわかるわ」

私は彼をそばに引き寄せて言いました。

「私の兄が1年ほど前に亡くなって、今日、兄のお葬式をしようと思っているの。兄はジャマイカが大好きで、この滝を愛していた。だから滝に遺灰をまいて、それから兄のために滝の上まで登りたいの」

この言葉に彼が興味を持ちました。私は続けて言いました。

「滝登りなんて慣れてないから、最悪の客かもしれない。すべって命を落とすんじゃないかって怖くて仕方がないの。私を助けてくれる人が必要なの」

すると明らかに、ウィリーの態度が変わりました。

「心配するな、僕が助けるよ」

登るには滝の一番下から頂上を目指すことになっていて、まずはその大きな滝が流れ込むカリブ海の浜辺の階段を進みました。険しい岩の上をとどろきながら流れ落ちる水を見上げて、私はウィリーに言いました。

「私にはできそうにないわ」

ウィリーは私の手を取って、激流の水中へと引っぱりました。ウィリーはすごく速いペースで進み、その姿に無鉄砲だったビリーを思い出しました。

私がウィリーとつないだ手を離すと、ウィリーは滝の中を登り始め、滝に沿って伸びる階段を登った私は、それを見つめていました。

滝壺に着くと、水の中を歩いて私に近づいてきたウィリーが言いました。

「さあ、おいで。ここに遺灰をまこう」

恐怖を感じながらも、私はウィリーの手を取り、愛するビリーのために水中を歩いていくと、バッグから遺灰を取り出して、ビリーが大好きだった滝にまきました。

降り注ぐ日差しの中に、ビリーがいるのを感じました。私は涙を流し、笑い、また涙を流す、というのを何度も繰り返しましたが、ウィリーも少しだけ泣いていました。やがてウィリーは岩に私を連れていき、私たちはしばらくその岩の上に座って水を浴びました。私は浄化されるのを感じました。ついに私は、ビリーの望み通りの葬儀をやり遂げたのです。

再びウィリーは私の手を取ると、しっかりした足取りで岩から岩へとひょいと渡りました。それはまるで、ビリーが手助けしてくれたかのようでした。

「滝を登ったらすべってしまうわ、ウィリー。きっと足を骨折してしまう。いや、頭がい骨が真っ二つに割れてしまうかも」

「僕が落ちないようにしてあげる。約束するよ」

「無理よ。できない」

「できるよ、できる」

ウィリーはそう繰り返しました。

私は少しずつ滝を登り始めました。死ぬほど怖かったのですが、ウィリーの助けを借りて登っているうちに、だんだん自信がついてきました。特に岩がすべりやすくて険しいところでは、私はウィリーが動けなくなるほど強くしがみついてしまいました。私は泣いたり、ウィリーに感謝したりしながら、頂上にたどりついたのです。1時間以上もかかって、やっとのことで頂上にたどり着くと、私たちは岩に寄りかかりました。

「この滝はとてもスピリチュアルな滝ね。そして、滝を登った今日の経験もスピリチュアルだったわ」

そう私が言うと、ウィリーが答えました。

「そうだね、とてもスピリチュアルだった」

私たちの冒険が終わると、ウィリーの顔に浮かんでいた悲しみの色は消え、笑っていました。

私たちはまるで旧友のように抱き合い、それから私はレンタルの靴を返しに行きました。

もう時間も遅く、店には女性が二人しかいませんでした。興奮冷めやらぬ私は、彼女たちにビリーがどれだけジャマイカが好きだったか、ジャマイカでどんな暮らしをしていたか、どれだけダンズリバーを好きだったかを話してしまいました。そして、1年ほど前に事故死したこと、滝に遺灰をまいたこと、ウィリーは世界一のガイドだと。彼の助けがなければ、滝を登りきれはしなかったでしょう。

黙って聞いていた女性の一人が言いました。

「ウィリーにも弟がいたんだけど……あなたのお兄さんと同じ頃に亡くなったよ」

「どうして亡くなったんですか？」

尋ねた私に、女性は言いにくそうに答えてくれました。

「滝で亡くなったのさ」

靴を履きかえた私は、走ってウィリーを探しました。

「ああ、ウィリー、たった今、弟さんの話を聞いたわ。どうして言ってくれなかったの？　何があったの？」

「弟の話をして、君の儀式を台無しにしたくなかった。あれは休みの日、家族と一緒にここでピクニックをしていた時だった。弟は酒を飲み過ぎたんだ。僕が妻と話をしていたら、突然妻が驚いた表情をした。僕が振り返ると、弟はあの岩で踊りながらおどけていた。あんなに酔って滝に入るべきじゃなかったんだ。そして、弟は足をすべらせて頭を打った。僕たちが遺灰をまいた水たまりの辺りでね」

ということは、今日は葬儀が2つあったことになります。私がすべりそうだと訴えた時、ウィリーはどんなに苦しかったことか！

「僕は全部見ていた。弟が死ぬところを。今でもとてもつらい」

私は自分の手首からシルバーのブレスレットを外してウィリーの手首に着けると、バンヤン樹の下に連れていきました。木の下に座ってウィリーの手を取り、ビリーのことや、ビリーが死んでから私にどう話しかけてきたかを語りました。

「ありがとう、アニー。ありがとう」

ウィリーは言いました。

「この数年間、僕は死につきまとわれていると思っていた。姉も弟の少し前に亡くなったし、父も先週亡くしたばかりだ。でも、今日は奇跡が起こったみたいだ。ありがとう、そして君のお兄さんにも感謝しているよ」

私とウィリーは、木や花の間を手をつないで歩きました。ウィリーは最初に出会った時より10歳も若く見えました。

どこからともなくフルートとギターを演奏する人たちが私たちの後をついてきました。私たちはまるで子どものように、踊るように来た道を引き返しました。

「さようなら」別れを告げたウィリーは、「君とビリーのことは忘れないよ」と言いました。

私は、彼の顔を覚えていられるようにと最後にゆっくりウィリーの顔を見ながらお金を渡して、タクシーに乗り込みました。

ホテルに戻った私は、海辺へと散歩に出かけました。

海には見渡す限り、紫と白の小さな花がまかれたように浮かんでいました。砂浜には花などひとつもないのに、水面にだけ浮かんでいたのです。こんなことは説明のしようがありません。

波に浮かぶ花の間を泳ぐと、異次元からの祝福を受けているような気がしました。

私の脳裏にはウィリーの笑顔が浮かび、私とビリーとの間に起こっていることは人と共有するべきものなのだ、と確信しました。

30章　死の恐怖とは、記憶がなくなること

……失われていく記憶

ニューヨークに戻ると、ビリーが今回のジャマイカ旅行のことを自分の元妻に電話で話してほしいと頼んできました。私は気乗りしませんでしたが、ビリーは「どうしてもそうしてほしい、彼女は君のためになるものを持っているから」と言い張るのです。

結局彼女に電話したわけですが、彼女との会話は楽しく、その電話から数日後、1枚の写真がポストに届きました。

それはほとばしるダンズリバーの滝の中に笑いながら立つビリーの写真でした。私はその写真を額に入れ、滝のことを忘れぬようPCの隣に置きました。ウィリーの変化は、偶然にしてはできすぎていて感動的でした。

ダンズリバーでの出来事で、ビリーとのことを隠しておきたいという思いに変化が起こりました。ビリーはかなりの間、どこかに行ったままでした。今ではビリーが来たり去ったりするのに慣れた私には、ビリーの訪問が何時になっても楽しみになっていました。

そして、5月の朝、灰色の空から降り出した雨音とともにビリーはやってきました。

僕はまだ言葉にできないほど遠い見知らぬ場所から、君に話しかけている。ジャマイカでの葬儀の後、もう一度葬儀みたいなことがあった。僕は自分の記憶がなくなっていく経験をした。

地上では記憶を大事にするけど、それでいいし、そうあるべきなんだろう。でも、君にはわかってほしいんだけど、僕は今、過去にしがみつくように記憶をとどめておきたいとはまったく思っていない。

不思議なことに、ヨセフと僕が、懸命に生きた僕の人生を一緒に振り返ったのは、僕の人生をただ解放するためだった。その結果、僕は記憶を失いかけているのだろう。でも、僕はまだ僕のままだ。そして、解放されて心地よくなったのは間違いがない。

記憶を失ったからといって、地上での人生を忘れてしまったということじゃない。僕はしっかり覚えている。

でも、あるひとつの人生とのつながりが切れた。もちろん、君は例外だよ、アニー。こんな例外は普通はないから、大きな意味がある。それは本を作るためだ。

どうやって記憶がなくなったかって?

真っ白な光が僕の頭上から降りてきた時、僕の人生の書かれた本が次にどこへ連れていってくれるのかを待ちながら星屑の中に浮かんでいた。これまで現れた光にはいろんな色がついていたし、いつものようにヨセフも光と一緒に姿を見せないので、これまでとは違うことが起こっているのではと思った。

白い光が僕に触れると、ある記憶がよみがえった。僕の60歳のよれよれの体に何千という小さな白い光の粒が出たり入ったりして、僕の魂が肉体から離れた時の記憶が戻った。僕は前にもこの光を見たことがあったんだ。それは僕が生まれた時のことで、同じ光の粒が、僕の魂と赤ちゃんの体をつないだ。僕の死はこの光の粒のおかげですごく楽だったみたい（笑）。

死んだ瞬間の記憶といえば、僕は天に向けて手を伸ばし、祈りながら夜空を見つめて、スピードを出した車に突っ込んだ。車にぶつかると、もうひとつ別の種類の死を感じて、ものすごい解放感があった。僕の人生の本がひとりでにパラパラとめくられて閉じられると、僕の記憶が全部、超新星が生まれる時のように爆発したんだ。

記憶が爆発したショックで、僕は宇宙へと飛び出し、まるで生き物のような、巨大で星も見えない真っ暗な空へと突き抜けていった。僕には通り抜けたものが何だったか、あまりの速さでよくわからない。そして、前にも話した素敵な女性の声にまるでレーダーのように導かれて暗闇をどんどん進み、僕は自分の過去から引き離された。

自分の記憶ははるか遠くに置き去りにすることになるから、自分の体験、自分がいた場所、そして関わった人たちを失ってしまう、それが死の恐怖なんだ。

でも大丈夫。その時が来たら、君は思っているより準備が整っているはずだから。

だって、例えばとてもいい香りのする花や草に囲まれたかぐわしい庭にいる君が、いつ撮ったかよく覚えていないしわくちゃの白黒写真を持っていたとして、その写真を失くしたらどうしようって気になる？　僕にどんな思い出があったとしても、それがどんな最高の思い出だったにしても、源（ソース）に近づくのとは比較にならない。そして、それがまさに僕に起こっていたことなんだ。僕の旅は、聖なる存在へと近づくことだ。

遠くに円盤状の輝く光が見えるけど、これまで見たことのない光だ。聖なる存在は、真っ白な光へと集まっているように見えるよ。

僕がその光に向かって進むと、その光も僕を呼ぶ。僕といっても、地上にいた頃の僕じゃない。光は僕を魂の名前、僕が高次元の世界から地上に降りる前の名前で呼ぶんだ。


これまでになかったことですが、ビリーの声は私の右側からではなく、私の頭上の煙突のようなものから降りてきました。そこから差し込む紫色の光が、私の脳内のわずかな部分を照らし、私はしっかり目が覚めた気がしていました。

人の体にチャクラというものがあるという知識はあったのですが、こんなに自分のチャクラをしっかり見つめたことはありませんでした。そこで、ネットで頭頂部にあるとされる「クラウン・チャクラ」を検索してみると、クラウン・チャクラは体内の腺を司る脳下垂体の部分にあたることがわかりました。たぶん脳下垂体に刺激を受けたことで、私は元気になったと感じたのでしょう。

また、こんなことも書かれていました。

「紫色の光、魂との会話、聖なるインスピレーション、精神的な影響を最も与えるものの通り道」

でも、私には不思議に思うことがありました。

ビリーがさらに記憶を失っていってしまっても、私のことを覚えていられる？

自分の記憶は
はるか遠くに置き去りにすることになるから、
自分の体験、
自分がいた場所、
そして関わった人たちを失ってしまう、
それが死の恐怖なんだ。

31章　死後の永遠は、想像よりはるかに長い

……美しい女神の出現

私のクラウン・チャクラが開花し始めると、ビリーと一緒に私自身も光に近づいている気がしました。私は万物との恋に落ちたような心地になりました。太陽も空も、海も木も花も鳥も蝶も、私が踏みしめる大地も、私に愛を送り返してくれているようでした。町に出れば、見知らぬ人が友人のように思え、どんな人も光に向かって進んでいるのだとわかりました。聖なる存在の純粋な喜びへと向かう、それがみんなの運命なのです。

5月中旬の空にトパーズ色の太陽が昇る頃、ビリーが現れました。

おはよう、アニー。新しい次元からまた君の現場レポーターがやってきたよ。

僕は死んでから初めて、地面に立っている。でも僕の立つ地面は今まで見たことがないようなもので、光っているけど少しごつごつしていて、まるで加工前のダイヤモンドみたいだ。月面のように。

見える風景は、草木は生えていないし、岩だらけで、クレーターや小高い丘はある。でも、地面は砂じゃなくて、半透明で輝いている。この宝石の世界にあるものは、ピンク色の空まで全部、光の結晶でできているように見えるよ。

さて、こうして君に話しかけている間に、あの忘れることのできない声がどんどん大きくなって、ピンク色の霧が近づいてくる。霧からは気が遠くなるぐらい素敵な香りが漂ってくる。

突然、今まで会ったことのないほど美しい女性の前に僕は立っている。美しいでは足りない。彼女はきっと僕とは違う種族、あるいはより高い次元の存在だ。身長は僕の倍はあり、とてもほっそりしている。彼女の顔だちは美しい！　まるでエキゾチックな雰囲気の黄金の真珠といったところだ。彼女を見ていたら、インドの女神を思い出したよ。

リングとアンクレットが飾られている彼女の足は地面に着いていない。着ている素敵なサファイア色の青いドレスの裾は、ぐるりとルビーで縁どられている。漆黒の豊かな髪は腰まであり、額に宿る黄金の光はまるでティアラみたいだ。月が黄金に光っているのを見たことがある？　彼女の輝きを地上にあるもので表現しようとすれば、それぐらいしかない。彼女は宙に浮いたまま、手を動かして神秘的なダンスを踊っている。

おお、アニー、僕はこんなものを今まで見たことがないよ。

そして、僕はとても謙虚な気持ちになる。死にそうなぐらいの息苦しさだ……こんな苦しさがもっと早くやってきていたら……まだ心の準備ができていなかっただろう。僕は、こんな高貴な人に会えるまでにならなくてはならなかったんだ。

　僕の女神の前に立つと、僕の姿が変わり始めた。僕の身長がどんどん高くなり、ほっそりとして、彼女と同じような姿になった。僕の女神と呼んだのは、理由はわからないけど、彼女は僕のものだと思ったから。

　初めて女神はルビー色の唇を動かす。あのずっと僕に聞こえていたフルートの音のような純粋な声だ。彼女は歌いながら僕に自分の名前を告げる。「シュヴァラ」と。僕の中でその名前がずっと探し求めていた神秘の香水のように広がる。

　シュヴァラは美しく、それでいて力強く微笑んだ。

　もし、彼女の微笑みが地上にあったなら、すべての戦争は終わり、誰もが自分のしていることをやめてお腹をすかせた子どもたちに食事を与えにいくだろう。それほど強大な神だ。僕はこの瞬間も彼女の微笑みのパワーの前で耐えられるか自信がないほどだ。

　そして、女神は自分のフルネームを語る。「シュヴァラ・ロハナ」と。

　僕は、この偉大な女神と同族？　自分を取り戻そうとしながら尋ねずにはいられない。

「ということは、僕はあなたと永遠に一緒にいられるということですか？」

　彼女の微笑みに僕はクラクラする。

『この次元での永遠は、あなたの想像よりはるかに長いですよ』

彼女の答えに正直ちょっとがっかりしたけど、はっきりダメとは言われなかったよね？

私のクラウン・チャクラから聞こえるビリーの声で、私のチャクラの花弁がみずみずしく開花したようでした。シュヴァラの美しさが私の魂に入り込み、心臓の鼓動がものすごく速くなり、破裂するかと思いました。その代わりに、シュヴァラの美しさは火のついたキャンドルのように溶けて、やわらかな優美さとなって私を満たしました。

私はネットで「シュヴァラ（Shvara）」を検索しました。すると、シュヴァラとはイシュヴァラ（I-shvara）の略で、古代インドの聖なるサンスクリット語だとわかりました。ビリーが伝えてきたシュヴァラの姿がインドの女神だったというのは、ただの偶然ではなかったのです。ヒンズー教のシュヴァラは最高神とされ、女性の姿をしていても男性の最高神と同一であり、唯一絶対の最高神なのです。

シュヴァラ・ロハナは本当に聖なる存在なの？　それともビリーが思い描いた姿だったの？　シュヴァラはビリーだけの女神なの？　それとも彼女は男性の神そのものなの？　神は本当は女神なの？

この次元での永遠は、
あなたの想像よりはるかに長いですよ。

32章　人はちりとなり、またここに戻ってくる

……女神の歌、白い建物

翌日の朝、小鳥がさえずり、春の優しい空気に包まれた日……ビリーが語り始めました。

シュヴァラ・ロハナが振り返って見つめる先に、霞に囲まれた建物が現れる。シュヴァラ・ロハナがそのまなざしで一瞬にして建物を作ったのかな？　さっきまでなかったと思うんだけど。僕は死んでから建物らしきものを目にしていなかったから、わくわくしている。

そして、霧が晴れていくと、建物は真珠のように白く輝き、ギリシャかローマ様式の建築物の巨大なコラム（柱）がある。建物はあまりに大きくて、どこからどこまでなのかは見えないし、それにしっかりした固体ではなく波打っている。僕のいるところから白い建物まで橋がかかっているから、それをこれから渡るんだろう。

すべてが素晴らしい、言葉にならないぐらい素晴らしくて、僕はすべてをこよなく愛しているから余計に素晴らしく思える。僕にはもう記憶がないから、定かではないけど、僕は生きて

いる頃にもたくさんの女性を愛しただろう。でも僕のシュヴァラへの思いは、それとはまったく違うものだ。きっと、これが神聖なる愛なのだろう。もし僕がここにキリストかブッダ、あるいはその他聖なる存在といたとしたら、きっと僕は彼らをも愛しただろうけど、シュヴァラ・ロハナを選んだ者が彼女を愛するのはたやすいことだ。

シュヴァラ・ロハナは手を動かしてエキゾチックなダンスをしながら、橋の上へと浮かんでいく。僕は、完全に帰依する気持ちで彼女についていくんだ。

シュヴァラ・ロハナがすべるように進む時に見えた足は、想像できないほど気品に満ちていて僕はうっとりする。彼女の足を永遠に見ていられそうだ。だって、ただ美しいだけではなく、体の他の部分と同じように優しく知恵に満ちているのだから。

シュヴァラは微笑みながら僕を見る。僕はここにたどり着けてよかったと心から思う。

地上での仕事を終えた僕は休息のために、白い建物へと女神の後をついていく。僕らが建物に近づくにつれ、建物につながる橋が無数にあるのが見えるよ。そして、こちらの世界に来て初めて、僕みたいな人間に会ったけど、みんなそれぞれの橋を白い建物に向かって進んでいる。といっても僕たちはもう人間じゃなくて魂の存在だ。それぞれの魂は、宙に浮かぶ自分と同じ種族の長に似ている。

魂が橋を渡る時、僕たちは行き交いながら互いにうなずきはしても、もしそれらの魂も僕みたいに何かを感じているとすれば、それは自分の種族長に夢中だってことだ。
僕は君に、ここで起こっていることを伝えようと考えているけど、普通はそうはできない。だからここに書かれていることは聖なるものとして扱いに注意してほしい。このことを本に書いてもいいかどうかは、後で知らせるよ。

魂の種族の長たちのような存在は、地上にいないし、それぞれが際だっている。みんな頭の周りが金色に輝いている。盾と剣を持った力強い体格の偉大な兵士もいれば、僕らの10倍以上もの大きさで宝石のように輝くオーラ以外何も身に着けていないものもいる。いまだ解明されていない羊皮の巻紙をひきずる学者のような姿をしているかと思えば、オレンジ色の髪を輝かせて巨大なライオンに乗るものもいる。いや、ライオンも本人の一部なのかもしれないけど、僕にはよくわからない。男性とイルカ、そして太陽が混じったように見えるものもいる。

みんなシュヴァラのように美しい女神たちで、僕は自分の長がシュヴァラでよかったと思っているけど、きっと女神に連れられた者は、自分にぴったりな長でよかったと思っているだろう。

壮大な風景には、ある音楽と祝福の雰囲気が流れていて、まるで僕らがこの時ここにやってくるのは決まっていたことで、永遠なる存在の一部になるリハーサルをしているかのようだ。
シュヴァラは僕らが橋を渡る時からずっと優しい歌を口ずさんでいる。僕はこれまでにないほど彼女を愛している。君に女神の歌が聞こえるといいけど。

私たちは、宇宙の夢
私たちは、無限の宇宙の気まぐれな存在
生きとし生けるもの　敵対するもの、味方するもの
もし、それが幻なら　私はそれに向かって矢を射よう
Ava lo ke tash shavara　Ava lo Tara
Ava lo ke tash shavara　Ava lo Tara

シュヴァラの歌を聞いていたら、言葉に表せないほどの慈悲の心で僕はいっぱいになったよ。僕は白い建物に向かう魂のパレードに加わったら、とても穏やかな気持ちになった。それぞれにそれぞれの歴史や葛藤、そしてこの建物にやってくるまでの道筋があった。
聖なる場所から離れ、ちりとなってまた戻ってくる人間の旅は、どれもがなんと高貴なことか！　肉体に入ってダンスを踊るように生きるため、生前にずっと真実だと思っていたことを死の瞬間にすべて失ってしまうことになるのに、肉体に宿ってダンスを踊るように人生を過ごすなんて、なんと勇敢なことだろう！

僕らが橋の一番上までたどり着くと、僕の意識がはっきりしてきた。
僕は準備ができた。何に対する準備なのかはわからなくとも。

ビリーがシュヴァラ・ロハナの歌の歌詞を優しく繰り返すと、私も恍惚とした気分になりました。ビリーは歌の中の神の言葉の意味は後で教えると言ったのですが、歌が終わると、教える代わりにインターネットで調べるようにと告げたのです。

私が理解できなかった歌詞はやはりサンスクリット語でした。人々を救う役目を持つ悟りの存在「菩薩」の一人、千手観音（アヴァローキテーシュヴァラ）は男性の菩薩であり、人間の苦しむ姿を見て流した涙から今度は多羅菩薩（ターラー）が生まれたそうです。ビリーはシュヴァラの歌を聞いてから、菩薩の慈悲の心を持ったようでした。

この話をグル・ガイにしたら、以前グルが私のためにチベットから買ってきてくれ、もう3年も前から私の部屋に飾ってある絵について詳しく話してくれました。「蓮の花の上に、4本の腕を持ち、黄金の冠をいただいた輝く姿で描かれている仏様こそ千手観音だよ」と。

「でもグル・ガイ、あなた、これはチェンレシーっていうんだって言ったわよね」

「チェンレシーって、千手観音のチベット名なんだ」

聖なる場所から離れ、
ちりとなってまた戻ってくる人間の旅は、
どれもがなんと高貴なことか！

33章　困難という冒険には価値がある

……石に刻まれる知恵の言葉

ビリーが次にやってきたのは、色鮮やかな季節となった6月のことでした。

シュヴァラと僕が橋の頂上にたどり着くと、もう誰も見えなかった。みんな違うほうへと向かったらしい。

僕たちは白い建物の石でできた壁の門の前に立っている。壁の石は揺れながら、表面が真珠層のような虹色に輝いているけど、すごく風化していて、まるで時が刻まれ始めた時からずっとそこにあるように見えるよ。たぶんそうだろう。

白い建物の壁はものすごく巨大で、てっぺんまで見えない。でも入り口は狭くて、高さもシュヴァラ・ロハナよりちょっと高いぐらいしかない。僕が気になったのは、壁の石の色でも入り口の狭さでもなく、石に刻まれて伝わるロハナの知恵だ。

僕の女神は、僕を輝く壁まで導いてきて、手を石のすぐそばまで近づけ、僕にも同じようにしてごらん、と誘っている。シュヴァラにこんなに近づくのは初めてだけど、驚いたことに、僕は欲望ではなく知識でいっぱいになる。そして僕の持つ知恵の言葉が壁に刻まれていくと、彫った時に出たちりが入り口へと滝のように流れていくよ。

４つの知恵の方程式と僕の名前が石に刻まれる。なんて瞬間だろう！　自分が書いた方程式は覚えていないけど、石に書かれていた知恵はすべて理解できるんだ。

僕の人生の知恵の言葉を書くようにと勧めてくれたのは、僕の女神だった。

そうだ、僕が地上に行って戻ってくることを許可してくれたのは彼女だった。僕らは子どもが世界で冒険するように旅に出る。その冒険は、その人の特権でもあり、困難をも経験する価値がある。でもね、僕が戻ってきた慈善にあふれたこの世界は、夢の世界をはるかに超えたところにある。

石から出たちりが入り口のほうへ飛んでいってしまうと、シュヴァラが僕に祝福を与えてくれる。へテプ！　へテプ！　僕の第三の目は満たされて、どう表現したらいいかわからないぐらい神秘的な感覚がする。僕は彼女が僕のところに戻ってきてくれるように叫ぶしかない。へテプ！

ああ、僕に聞こえるのは、僕と同じ種族の声だ。それは入り口の内から流れてくる何千もの美しい聞き慣れた声だ。僕を歌ってたたえてくれている。僕の思い込みなんかじゃない。人間としての旅を終えて戻ってきた僕を賞讃してくれているんだ。忘れていた僕と同じ魂の種族の記憶がよみがえり、中へと僕を呼んでいる。

歌に引かれるように入り口を抜けると、光に目がくらんで何も見えなくなる。僕には神秘的な合唱が聞こえるだけだ。歌っている彼らの姿は見えないけど、マーラーの第8番交響曲のような僕の仲間のうれしそうな声が、僕の帰りを歓迎するかのように聞こえるだけだ。

マーラーの第8番交響曲ですって！　今度はどんなヒントをビリーはくれたの？　グスタフ・マーラーが第8番交響曲を作ったの？　もしそうなら、ビリーの魂の種族が歌う歌とどんな関係があるの？

その答えをインターネットで探しながら、私の鼓動はどんどん速くなっていきました。そして、マーラーの第8番交響曲のフィナーレ「神秘の合唱」の動画の再生ボタンをクリックしました。

何百人もの神の声のような合唱が、光に満ちたエキゾチックな曲とともに聞こえてきました。私はビリーの言葉を書き留めたノートを見直しました。

僕には神秘的な合唱が聞こえるだけだ。……マーラーの第8番交響曲のような僕の仲間のうれしそうな声が、僕の帰りを歓迎するかのように……。

私はデッキに座って「神秘の合唱」を何度も何度も聴きました。その曲を聴いていると、自分のチャクラを通してビリーのいる世界の美しい声が聞こえてきたのです。自分が聴いているマーラーの曲の合唱と、ビリーの世界から聞こえる合唱が私の中で溶け合い、ビリーのいる世界と私の世界、二つの世界の間のどこかに私は飛んでいってしまいました。ビリーが私をこの曲へと導いてくれたおかげで、宇宙空間での二人の交信が増幅され、ビリーのいる世界が私の世界とつながりやすくなったのです。

30分ほど素晴らしい時を過ごした私は、動画を再生したまま「神秘の合唱」の歌詞を追い始めました。

うつろうものは
なべてかりもの
ないことがここに
おこり
ふしぎがここに
なされ
くおんのおんなが

われらをみちびく

（『ファウスト　第二部』ゲーテ著　池内紀訳　集英社文庫）

こんなことがあるの！　ビリーの言ったことと、まったく同じ意味の歌詞！

この曲がゲーテの戯曲『ファウスト』の中で、ファウストが天国に迎えられる場面で使われていることも知りました。ファウストは悪魔との闘いの苦しみに負けてしまい、いわゆるスピリチュアルな人生とはかけ離れた旅を歩むことになりますが、最終的には彼が苦しんだからこそ、天使が彼の魂を天国へと連れていくことができたのです。

私にはビリーが微笑んでいるのが感じられました。私を悩ませてきた、ビリーに何が起こったのかという答えを私が自分で見出せるよう、この曲にまつわる話を伝えてきたのです。

あんなに暗く絶望に満ちた人生の終わりを迎えたビリーが、死後、どうして高い次元の世界にたどり着くことができたの？

ファウストのように、アルコール依存症という手ごわい敵との闘いに敗れはしたけど、ビリーは自分が苦しんだのはあれでよかったんだ、聖なるもがきだったのだから、と私に知らせてきたのでした。

僕らは子どものように世界で冒険をしに外に出る。
その冒険は、その人の特権でもあり、
困難をも経験する価値がある。

34章　僕はすべてであって「無」になる

……「無の空間」へ

それから数日後、マーラーの第8番交響曲を聴いて舞い上がった気持ちのまま、私はビリーの言葉を読み直していました。

「ヘテプ」って何？

ビリーは、私が今まで聞いたことがない、古代の言葉を伝えてきたのです。

早速調べてみると、ヘテプとは、死後の世界にいった死者に最初に授けられる「古代エジプトの知恵」で、魂が聖なる神の酒を飲む前段階の準備だとされています。

眠れずにいた夜、私は、ビリーが待っていると思って夜の空気を吸いに外に出ました。

僕の種族の歌が消えて、（光がまぶしくて見えなかった）僕の視界が戻ってくると、驚いたことに僕は白い建物の中ではなく、赤と紫のバラの花が咲いた平原に立っていた。でもね、こんなバラ、君は見たことがないと思う。ネオンのように明るく輝く花は、地上のバラのゆうに10

倍は大きくて、目の前で育っていくのがわかるぐらい生き生きとしているんだ。

シュヴァラに会ってから、彼女が僕のそばを離れたのは初めてだけど、大丈夫。だって、僕にはバラの咲く平原を渡る彼女の歌声が聞こえているから。

花にも僕にも露みたいなものが落ちて、僕の女神の神秘的な香りに浸っている。女神の香りを取り込んだバラは、その花びらをまるで踊るように開く。シュヴァラの歌を追いかけてきらめく草原を進む僕も、きっと踊っているように見えるだろうね。

前方に光のドームがある。近づいてみると、洞窟だった。花の絵が刻まれている入り口からすべるように中に入ると、女神が待っていた。

シュヴァラは、静かな池に咲く金色に輝く蓮の丸いつぼみの上に浮かんでいる。女性のさがなのか、僕の永遠の愛に応えて彼女は服を変えた。彼女が身に着けている黄金のガウンは透けるほど薄い。僕は彼女の美しさに飽きることはない。彼女はうっとりするほど魅力的な姿で半分目を閉じ、もし僕が何も知らなかったら、ただ僕を誘っているとしか思えなかっただろう。

洞窟の中に入ると、シュヴァラの聖なる香りでうっとりした僕は横になるしかない。目の前にある蓮の咲く池は、水ではなくてミルクのような蜜で満たされている。

シュヴァラの目がパッと大きく見開かれたかと思うと、彼女は聖なるダンスを踊り始めた。ゆっくりと方向を変え、振り返った彼女は紫色の炎を手にしている。腰を前後に揺らすと、炎が片方の手からもう片方の手へと移り、その瞬間に火花が散る。シュヴァラが体を動かすたびに自分でも気づかなかった内なる欲望が少しずつ満たされていく。僕の女神の踊りを見ていると、僕は宇宙にあるすべての喜びを知り尽くしたかのようだ。

シュヴァラは蓮に降り立って何か唱えると、8つの黄金のつぼみがひとつずつ開き始めた。そして、開いた花の中心には、紫色や赤い炎が見えるけど、それらは僕の過去の人生の炎だ。

地上に生きる人々は、自分の過去世に興味を持ち、自分が何者なのかを知りたがる。自分が何をしてきたのか、誰と一緒にいたのかを知りたがるけど、僕はただ蓮の黄金の花びらがかつての僕の人生の炎で輝くのを見ているだけで満足だ。

シュヴァラは、それぞれの花の真ん中を飛び回り、ルビー色の唇を蜜につけて歌いだす。

蓮の花が大きくなればなるほど根は土深く伸び
蓮の花はさらに大きく、そしてまた根は深くなる

他のつぼみより大きなつぼみがひとつ、池の中から現れる。驚いたよ、だってつぼみが泥だらけだったから。僕はそれまで物事の「泥」の部分をこんなふうに目にしたことはなかった。

泥にまみれた花が揺れ、黄金の洞窟の中で花を咲かせる。シュヴァラが花の中心に僕の最後

の人生の炎、紫色の光を注ぎ込むと、泥は消えてなくなり、すべての花びらがハチドリの羽のようにものすごいスピードで動き始める。花びらは回りながら互いにぶつかり、純粋なエネルギーの光が輝いたかと思うと、僕の人生のエネルギーでできた蓮の花はバラバラになる。僕は自分の生まれ変わりのサイクルの終わりを告げる儀式を目にしているんだ。

シュヴァラは、花がバラバラになった時に立ち上った煙の中からいつも通り優雅に現れ、池からくんだ1杯の甘露水を僕に差し出す。それは初めて口にする味で、なにしろ飲み込みにくいんだ。甘いんだけど驚くほど香り高くて。この万能薬は心の準備ができていないと飲めないだろう。僕もさほど心の準備ができていなかったけど、どうにか飲み込んだ。

花がバラバラになった時に立ち上った煙が洞窟の上に達すると、炎の目を持つ黄金の龍になる。龍は獰猛（どうもう）そうだけど、ちっとも怖くない。龍が僕に忠誠を誓っているのがよくわかるからだ。シュヴァラが僕の女神であるように、僕の龍なんだ。

僕の龍は、僕がいくつもの人生を歩む時に仕えてくれていた。僕を守るためにさまざまな姿になってね。愛するペットだったり、思いがけない幸運の訪れだったり、見知らぬ人の親切だったり、幸運にめぐり合うための人との出会いだったり、必要な時に現れた友人だったり。すべては龍がもたらしてくれたものだったんだ。

僕は龍に感謝して、その気持ちを表したくなった。

僕は手にしていたカップで甘露水をくみ上げて龍に差し出すと、龍はそれを飲んだ。僕は欲望を克服する。この瞬間こそ、永遠に続いてほしい瞬間だ。

僕の忠実な龍は、頭を下げてその額を僕の額につけた。龍は私心のない勇気を出し、自らのパワーで洞窟を破壊する。すると、立ち上る煙のように龍は姿を消してしまう。

僕は今、「絶対的な無」の前にただ立っている。僕は「無の空間」に入る準備ができたんだ。人生とは、味わい、やがては解放されることになる、何とも不思議な聖なる欲求のようなものだ。人生に起こったすべてが変化してしまうわけではなくとも、僕が飲んだ甘美な天の万能薬(不老不死)を君にも味わってほしい。その味をずっと覚えていてほしい。

僕は「無の空間」に入るための姿に変わった。僕は世界を創造する時に加わったんだ。地上の世界で過ごす運命を終えた僕は、偉大なる「無の空間」に入って、時を超えた旅を始める。

シュヴァラが僕の手を取り、暗闇の中を登っていく。僕の女神が送り出してくれると、僕は駆り立てられるように「無の空間」に向かって進む。僕は創造をも超え、世界が創造される以前、時が刻まれ始める前の次元に出る。僕はもはや世界の存在しない場所へと入っていく。そこには光も音も、始まりもない。でも僕は不老不死の薬を飲んだから、何の恐怖も感じない。

真っ暗な道を、どんどん進んでいく僕は、これまで旅してきた死後の世界からも遠ざかる。

僕はもう、戻ることはないよ。僕は、「全知全能」の存在になるんだ。雨粒は大海に戻るというけど、あるのは大海ではなく、「無」の世界。

悲しまないで。僕は「無」になるけど、「すべて」でもあり、宇宙でもあり、光でも、ロハナでも、魂でも、王でも、薬物依存症者でも、物乞いでもある。

僕は「全知全能」の存在、すべてであって「無」の存在になったんだ。これこそ聖なるものの正体、すべてであり無である、ということなんだ。

僕は何度も生まれては死ぬ人生を繰り返し、そして今、全知全能の存在になった僕は再び地上に戻ることはないだろう。僕は悩み苦しみ、僕は神の祝福でもあり、真実でもあり、演劇でもあり、演劇の演者であり、背景でも、作り手でも、聴衆でもある。そして影が光になることがないように、僕の人生の物語が最高神の真実になることがなくとも、僕の本を読めば不老不死の薬の味を思い出すことはできるだろう。

「僕はもう、戻ることはない」の言葉に、ビリーが別れを告げている気がしました。

朝日が昇る浜辺を歩きながら、私にはやわらかい春の風にも、花を咲かせている木々にも、灰色がかった青い海の水にも、すべてにビリーの存在を感じることができました。ビリーの魂を辺り一面に感じられるのに、今までとは何かが違いました。私はビリーの名前をささやいてみましたが、何の返事もありません。私はビリーにコンタクトできなかったのです。

私は急に怖くなりました。気がつくと毎日のほとんどがビリーで占められていたのです。ビリーは、道を照らしてくれる光となる、私の師だったです。ビリーが話しかけてくれて冗談を言ったり、兄らしいアドバイスをくれたりするのが当たり前になっていましたから。
すると、遠くから声が聞こえてきました。

僕は君のそばを離れないよ。

私は車に乗り込みました。広がる海を見れば慰められ、ビリーをそばに感じられるだろうと思って海へと車を走らせました。砕け散る波を前にした私に再び、ビリーの声が聞こえました。

僕は君のそばを離れないよ。

そう言った後、ビリーはいなくなってしまいました。
もっとたくさん話したいことがあったのに、もっと学びたいことがあったのに。
私はビリーが言い残したように、不老不死の薬の味を思い出そうとしましたが、思い出せません。もっと不老不死の薬がほしかったのに。

僕は、すべてであって「無」の存在になったんだ。

35章　白い光とひとつになる

……白い光の兄弟たち

私にはすべてが色あせたようにしか思えなかった夏、ビリーの本に取りかかろうとしても、悲しみが大きすぎてなかなかできずにいました。私はビリーに戻ってきてほしかったのです。ビリーとのことを知る人は、ビリーとのことをすごいと思ってくれましたが、それでも私には本を作ることよりビリーと話をすることのほうが大切だったのです。そして、ビリーは永遠に、生命の存在しない「無の空間」とひとつになって、いなくなってしまいました。

秋になり、ビリーがよく自然には癒しの効果があると言っていたので、私は森を散歩したり、海で泳いだり、月や星の光を浴びたりして寂しさを紛らせました。書き留めたビリーの言葉を読み直し、「寂しがることなんてない、ビリーはこのノートの中で生きている、私も含めてすべての一部になったんだから、いなくなったわけじゃない」と思えるようになりました。

木々が葉を落とし始めた11月も後半の明け方、私の上方に白い光の層が見えました。

おはよう。

すっかり低音になったビリーの声は、どこかずっと遠くから話しかけてきたようでしたが、その声は鮮明に聞こえました。

想像できないほど白くきらめく一本の渦巻く光が「無の空間」に差し込むと、僕は「存在するもの」へと引き戻された。子宮の中の「胚」のように、僕が生き抜いた人生すべての魂に再び戻ったんだ。

僕は、非の打ちどころのない絶対的なものだとわかる雪のような光の中を移動して、今、ここに戻ってきた。

少し離れたところに、雪の積もった山々が見える。その白い山肌にいくつかの人影が見えるけど、その姿は影のように黒くはなく、白い。まるで全身に雪が降り積もったみたいに真っ白で、僕にははっきりと姿が見えないが、太い腕と手だけがやっとわかる。背が高く高貴な彼らの指から、光線が放たれている。

僕には会ったこともない彼らが誰だかわかる。彼らが最も上位の霊たちだとわかって、彼らを白い光の兄弟と呼ぶことにしたけど、中には女性もいる。

彼らが徳を得るのに必ずしも地球で過ごす必要はないが、それでもさらに優しく、さらに美しく、素晴らしい存在になるのに必要な知識を得るように、地上に降りることもあるんだ。マハトマ・ガンディーやマーティン・ルーサー・キングはそんな存在だ。

白い光の兄弟のほとんどは地上に生まれることはないが、彼らの持つ絶対的な光は君のいる世界にもまぎれて世界を守っている。今こうして僕の声に耳を傾けているように白い光にきちんと集中できれば、きっとその光を感じることができるだろう。

彼らには「個」という感覚はないが、それは悪い意味ではなく、むしろ大きな利点だし、純粋な存在だ。僕が神はこのような存在だと思うそのものだ。つまり、白い光の兄弟は魂の集合体ではなく、純粋な高次元の霊なんだ。僕たちの肉体が魂を運ぶためのものであるように、私たちの魂は、その高次元の霊を運ぶためのものなのだ。

そして絶対的に白い光が輝く、天国の中の天国のような場所で、僕は自分の魂を脱ぎ捨てようとしている。

そこには恐怖などひとつもない。もし、どれだけ最新の宇宙服を着て想像もしなかったような大胆な冒険ができたとしても、しばらくしてそれを脱いだらきっとほっとするだろう。

白い光の兄弟からいくつかの光線が僕の指に伸びてきて、僕は光とひとつになろうとしている。

ああ、でもアニー、君にわかってほしいんだ。彼らはありがたいことに僕じゃない。僕よりずっと大きい。彼らを通じて、僕は聖なる源（ソース）、さらなる高次元の霊としての最初の鼓動を打ち始める。純粋な魂から、僕は純粋な、さらなる高次元の霊になる。そして僕は地上やすべての世界から解き放たれて、別の宇宙へと進む。僕は地上での姿、人生、ドラマ、音楽すべてを捨てる。自分の魂さえ捨てて。

そして別の宇宙、見知らぬ場所へと、光りながら純粋な、さらなる高次元の霊の炎を輝かせて、命あるものからそうでないものへと変化していく。

僕は願う。アニー、君には僕が生きたユーモアにあふれた人生のシェヘラザード（訳注：『千夜一夜物語』の語り手）となって、いつまでも僕の声を聞き続け、いつまでも僕が愛していることを覚えていてほしい。

［著者］

アニー・ケイガン（Annie Kagan）

14歳で作曲を始め15歳でコロンビアレコードと契約した音楽家。16歳の頃にはニューヨークのカフェやクラブで演奏。10年間の音楽活動の末、大学でカイロプラクティックを学び、卒業後、マンハッタンのアッパー・イースト・サイドで診療所を開業。現在は都会の喧騒を離れてロングアイランドの港の近くに移り住むと同時に、グラミー賞、エミー賞受賞者ブライアン・キーンとコラボし、作曲活動を再開。急死した実兄ビリーとの死後の交流の実話を綴った本書が全米ベストセラーとなる。

www.afterlifeofbillyfingers.com/

［監修］

矢作直樹（やはぎ・なおき）

1981年、金沢大学医学部卒業。その後、麻酔科を皮切りに救急・集中治療、内科、手術部などを経験。1999年、東京大学大学院新領域創成科学研究科環境学専攻および工学部精密機械工学科教授。2001年、東京大学大学院医学系研究科救急医学分野教授および医学部附属病院救急部・集中治療部部長。2016年3月に任期満了退官。著書に『人は死なない』（バジリコ）、『おかげさまで生きる』（幻冬舎）、『天皇』（扶桑社）、『お別れの作法』『悩まない』『変わる』（以上ダイヤモンド社）など多数がある。

［訳者］

島津公美（しまづ・くみ）

大学卒業後、公立高校英語教師として17年勤務。イギリス留学を経て退職後、テンプル大学教育学指導法修士修了。訳書に、『フラクタルタイム』『思考のパワー』『第六感に目覚める7つの瞑想ＣＤブック』（いずれもダイヤモンド社）などがある。

アフターライフ
——亡き兄が伝えた死後世界の実在、そこで起こること

2016年6月16日　第1刷発行

著　者——アニー・ケイガン
監　修——矢作直樹
訳　者——島津公美
発行所——ダイヤモンド社
〒150-8409　東京都渋谷区神宮前6-12-17
http://www.diamond.co.jp/
電話／03･5778･7234（編集）　03･5778･7240（販売）
装幀————浦郷和美
帯写真———©Image Source /amanaimages
DTP製作——伏田光宏（F's factory）
製作進行——ダイヤモンド・グラフィック社
印刷————勇進印刷（本文）・加藤文明社（カバー）
製本————宮本製本所
編集担当——酒巻良江

ISBN 978-4-478-03928-1